ミステリの女王の
名作入門講座

クリスティを読む!

大矢博子

東京創元社

クリスティを読む！　ミステリの女王の名作入門講座　目次

クリスティを読む！　ミステリの女王の名作入門講座

まえがき

二〇一八年から名古屋のカルチャーセンターで「アガサ・クリスティを読む」という講座を受け持っています。毎月一冊、クリスティの作品から課題図書を決めて読んできてもらい、執筆の背景やミステリの構造、伏線がどのように張られているか、読みどころなどを解説する講座です。

最初はどれほど受講生が集まるものかまったく読めなかったのですが、思いがけず多くの申し込みがあり、コロナ禍《か》での半年の休講を挟んでまもなく七年目を迎えます。

私の人気もまんざらではない、とうっかり自惚《うぬぼ》れかけましたが、人気なのは私ではなくクリスティでした。そりゃそうだ。テーマがクリスティだったからこそ申込者が多かった。クリスティなららお寺の境内《けいだい》にいる鳩《はと》が講師でもやはりたくさん集まったでしょう。いや、それは別の理由でめっちゃ集客するか。

受講生の中には、昔からクリスティが大好きでほとんど読んでいるという人もいる一方で、知っているのは有名作のタイトルくらいという人もいます。そんな人でも『オリエント急行の殺人』と『アクロイド殺害事件』の犯人は知っていたという事実には涙を禁じ得ません。ねえ、このふたつならもうネタバレしてもいいいと思ってない？

他に、ケネス・ブラナーの映画や三谷幸喜の翻案ドラマで初めて内容に触れたという人もいます。ジョン・ディクスン・カーやエラリー・クイーンが好きで、同じ本格ミステリ黄金期のクリスティにも興味があったという人もいれば、クリスティとマープルのどっちが作家でどっちが探偵だったっけ？　という人もいました（さすがに今は分かっていると思いたい）。

いったいなぜ、クリスティの作品はこうもたくさんの人々を魅了するのでしょう？

アガサ・クリスティ。一八九〇年に、アガサ・メアリ・クラリッサ・ミラーとしてイギリスのデヴォン州で誕生。幼少期は学校には行かず、家庭で教育を受けました。小さな頃から読書に親しみ、十二歳の頃には自分で小説を書くようになります。

一九一四年にアーチボルド・クリスティと結婚。戦争中に薬局で勤労奉仕をしたのをきっかけに書いた、毒薬を使ったミステリ『スタイルズ荘の怪事件』で作家としてデビューしました。

一九二六年に刊行した『アクロイド殺害事件』で一躍人気作家の仲間入りを果たしますが、この年は母の死やアーチボルドからの離婚の申し出など辛い出来事が続き、失踪事件を起こすまでになります。そんな彼女を立ち直らせたのは娘の存在と、中東での考古学という新たな趣味、そしてそこで出会った考古学者マックス・マローワンとの再婚でした。

以降、一九七六年に亡くなるまで、ミステリ界のトップランナーであり続けたのです。

メアリ・ウェストマコット名義で書いた恋愛小説も入れれば七十二作の長編、中短編は百五十九作（死後に発見されたものや同じ内容でタイトルを変えたものもあり、正確ではありません）、その他に戯曲、旅行記、自伝などが刊行されています。彼女の作品は世界中で翻訳され、〈聖書とシェイクスピアに次いで読まれる作家〉という偉大な称号を得るに至りました。

五十年から百年も前の小説が今でも読み継がれ、翻訳も時代ごとにアップデートされ、新たな映画やドラマが作られるというのはすごいことです。

もう一度書きます。

いったいなぜ、クリスティの作品はこうもたくさんの人々を魅了するのでしょう？　その理由は、クリスティが生きた時代の息吹が十全に含まれているにもかかわらず、ミステリとしてはまったく古びないという点にあります。

どういうことか。それを本書でお伝えします。予備知識がなくても楽しめる入門書を目指しましたが、マニアの方にも喜んでもらえるような工夫も加えたつもりです。境内の鳩よりはわかりやすく解説できていると思います。思いたい。

なお、本書は東京創元社の本ですので、創元推理文庫のタイトルや表記、引用を使いますが、同文庫でクリスティの全作が網羅されているわけではありません。創元推理文庫で未刊の作品は、早川書房のクリスティー文庫のタイトルや表記を使っています。いやもう、これがややこしい！　ポワロ（創元）だったりポアロ（早川）だったり、クリスティ（創元）だったりクリスティー（早川）だったり、作品のタイトルや短編集の収録作が異なったり。読む方もややこしいでしょうけど、書いてる方はもっとややこしかったので、それを乗り越えた根性に免じてご容赦《ようしゃ》ください。私の作った著作リストを逐一チェックした編集者Sさんは、ほぼゾンビになってました。ありがとう。生きて。

でもまあ、そういう別の出版社の同じ作品を読み比べるのも楽しいものですよ。なんせクリスティー文庫と創元推理文庫で結末の違う小説もあるんですから！（それが何かは本文でどうぞ）

二〇二三年十二月　　大須観音の鳩に追いかけられた日に

凡例

長編および短編集などの表題には『　』を、短編など収録作品名は「　」、雑誌は〈　〉、シリーズ名は《　》を使用しています。

原題はイタリック、短編原題は" "を使用しています。

映画およびドラマのタイトルは「　」を使用しています。

本書に登場するタイトルや引用は、創元推理文庫版もしくは早川書房クリスティー文庫版に則《のっと》っています。引用文中の［　］は著者による補足です。

第1章　探偵で読む

1　異邦人としてのエルキュール・ポワロ

身長は五フィート四インチ（約一六三センチ）。つるりとした卵形の頭にポマードで固めた目立つ口髭《くちひげ》。その髭は毎晩の手入れを欠かさず、とがったエナメルの靴には埃《ほこり》ひとつなく、ちゃんとした身なりにこだわるオシャレな小男。すべてのものがきちんと並んでいなければイヤ（しかも直線かつ左右対称が望ましい）というほど几帳面。自らを世界最高の名探偵と称し、ひとたび事件が起きれば小さな灰色の脳細胞が鮮《あざ》やかに謎を解く――。

アガサ・クリスティが生み出した探偵たちの中で、最も多くの作品に登場するのがエルキュール・ポワロである。これまでも映像やアニメでさまざまな見た目のポワロが登場し、読者を楽しませてくれているが、その元になったとされているのが〈The Sketch〉*一九二三年三月二十一日号に掲載されたW・スミッスン・ブロードヘッドによるポワロの肖像画だ。クリスティはこの絵に対して自伝で「わたしの考えとあまりちがっていなかった」と述べている。ただし、クリスティが思っていたよりちょっとばかりスマートで上品そうだったらしいが。

なんにせよ、どうしてもその見た目や、ともすればコミカルにも見えるキャ

＊〈The Sketch〉 一八九三年から一九五九年までイギリスで発行されていたグラフィック週刊誌。上流階級や芸術・カルチャーの話題を扱った。この雑誌から生まれた犬のキャラクター「ボンゾ」はイギリスで大人気となった。

ラクターに注目が集まりがちだ。だがポワロの最大の特徴は、彼がイギリス人ではなくベルギー人であるという点にある。

クリスティがポワロを生み出したのは、第一次世界大戦中の一九一六年のことだった。それまでも趣味でロマンス小説などを書いてはいたが、病院の薬局で勤労奉仕をしていたとき部屋に並ぶ薬瓶を見て、毒を扱った探偵小説が書けるかもしれないと思いついたという。おまけにこの薬局勤務という仕事は意外と暇だった。

探偵小説なら探偵役が要る。クリスティはシャーロック・ホームズのファンだったが、推しは神聖にして侵《おか》すべからず、唯一無二のものでとても張り合えない。ガストン・ルルーが生み出したルルタビーユ＊も好みの探偵だったが、どうせならこれまで誰も考えたことのないキャラクターがいい……。

そこで思いついたのが、身近にいたベルギーからの亡命者だった。第一次世界大戦でドイツに侵攻を受けたベルギー。イギリスは〝ベルギーを助ける〟という旗印を掲げて参戦した。ベルギーの亡命者に対し、クリスティの近所の人々は「あふれんばかりの親切と同情とで迎えた」という。家と家具を用意し、お茶に誘った。けれどしばらくすると「亡命者たちがみんなのしてやったことに対して充分な感謝を表わさない」ことに文句が出始めたというのである。うわあ、人の世ってのはいつも同じだなあ。

クリスティは「彼らはそっとしておいてもらいたかったのだ」「自分たち流のよくわかっている方法で」暮らしたかったのだと考えた。そこで引退したべ

＊ルルタビーユ
一九〇七年、ガストン・ルルー『黄色い部屋の謎』で初登場した十八歳の新聞記者。本名はジョゼフ・ジョセファンだが、頭が大きいため玉転がしという意味のルルタビーユという愛称で呼ばれる。

『黄色い部屋の謎』

ガストン・ルルー著　平岡敦訳
二〇二〇年　創元推理文庫

ルギー人警察官というのを思い浮かべた。元警察官なら捜査にも精通している。さらに〝かわいそうな外国人〟ということで、相手を油断させることもできる。小男なのに強そうな名前はどうだろう？　ヘラクレス*（エルキュール）なんていいじゃないか。

愛するホームズからはワトスン役を置くという方式を取り入れた。予備役軍人のアーサー・ヘイスティングズ大尉だ。また、ポワロの卵形の頭は、ボールみたいに真ん丸な頭をしたルルタビーユの影響かもしれない。こうして生まれたのがエルキュール・ポワロである。

ポワロの言葉にはしょっちゅうフランス語が交じる。彼はイギリスの代名詞とも言える紅茶やウイスキー、狐狩りやゴルフや競馬を嫌う。チョコレートを好み、甘いシロップのお酒を飲む。私には私の文化がある、そちらの文化を押し付けるなと言っているようではないか？

それは事件にあたっても同じだ。ポワロは常に異邦人としてそこに存在する。事件を、人々を、外側から見つめる。だからこそ見えてくるものがある。そして、決して自分のやり方を崩さない。それが名探偵エルキュール・ポワロなのである。

＊ヘラクレス
三谷幸喜脚本による翻案ドラマでポワロを演じた野村萬斎の役名は「勝呂武尊」。ヘラクレスに合わせて日本の神話で武勇に優れる日本武尊（ヤマトタケル）からと思われる。

▼ポワロを知る二冊

『スタイルズ荘の怪事件』（一九二〇）

第一次世界大戦で負傷してイギリスに帰還したアーサー・ヘイスティングズ大尉は、旧友ジョンに招かれてスタイルズ荘を訪れた。ところが、ジョンの継《けい》母《ぼ》であり館の主人でもあるイングルソープ夫人が急死。容疑は彼女と結婚したばかりの年若い夫へ向けられたが、彼には鉄壁のアリバイがあった。ヘイスティングズは偶然であった旧知の仲であるエルキュール・ポワロに調査を依頼する――。

クリスティのデビュー作にしてポワロの初登場作である。ベルギー亡命者のポワロは同胞たちとともにイングルソープ夫人の親切に助けられ、近くで暮らしていたのだ。かくしてポワロの第一歩がここに記された。

殺人にはストリキニーネが使われたことが早々に判明するが、ここでクリスティは（1）ストリキニーネの入手先はどこなのか、（2）苦味の強いストリキニーネをどうやって飲ませたのか、（3）即効性のはずなのに死亡までタイムラグがあったのはなぜか、という三段階の謎を用意している。そしてそれぞれに複数の手がかりとミスディレクションを仕込み、読者を何重にも翻弄《ほんろう》するのだ。薬局勤務だけあって毒の知識が十全に活かされており、調剤学の専門誌でその知識を褒められるほどだった。

もうひとつの本書の特徴は、カントリーハウス・マーダーであるということ。カントリーハウス*とは十六世紀から第一次世界大戦前までにかけて、貴族や上流階級がイギリス郊外に建てた邸宅を指す。一帯の土地を所有している（館には所有者ではなく土地の名前がつけられることが多い）ので地域からの収入が

『スタイルズ荘の怪事件』

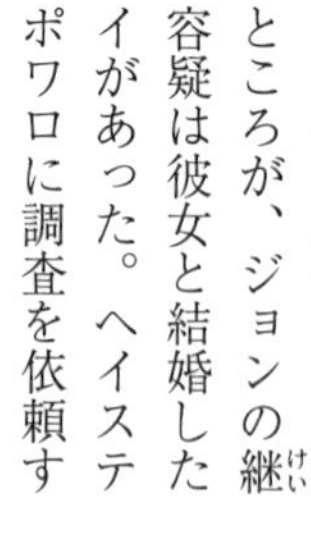

山田蘭訳　二〇一一年　創元推理文庫

*カントリーハウス
クリスティが影響を受けたシャーロック・ホームズにも、短編「橅《ぶな》の木屋敷の怪」（『シャーロック・ホームズの冒険』所収）「アビー荘園」（『シャーロック・ホームズの復活』所収）などカントリーハウスものがある。ミステリ以外では、ジェーン・オースティン『高慢と偏見』（一八一三）、シャーロット・ブロンテ『ジェーン・エア』（一八四七）などもクリスティが愛読したカントリーハウス小説。

あり、広い館には住み込みの使用人――執事、メイド、料理人、乳母、家庭教師、庭師など――がいる。ドラマ「ダウントン・アビー」などを思い出していただければわかりやすいが、上流階級と労働者階級がひとつ屋根の下に暮らし、けれど使う側と使われる側ではっきり身分が分かれているわけだ。それぞれの身分や職業に応じた情報を持っていたり、身分がはっきりしているがゆえの人間模様があったりと、ドラマティックな題材には事欠かない設定である。さまざまな立場の人がいるという点では社会の縮図と言ってもいい。

たとえば本書のイーヴィは〝女主人の話し相手〟。これはレディスコンパニオンといって、中流以上の女性が働かざるを得ないときに就く代表的な職業である。シンシアもまた、イングルソープ夫人の友人の娘なのだから、それなりの身分であるはずだ。にもかかわらず彼女たちはイングルソープ夫人の世話になっている状況なわけで、こういう設定のひとつひとつに何らかの事情を見出すことができるのである。

毒を扱った、カントリーハウスでの殺人事件。そこには当時流行だった怪奇冒険趣味はなく、心理分析と物的証拠、論理的思考だけで事件解決を描いた物語だ。伏線とミスディレクションを駆使した細かい騙《だま》しのテクニックが、デビュー作から光っていることがわかる。

クリスティには他にもカントリーハウスを舞台にした秀作が数多くあるが、第一次大戦後、カントリーハウスという様式は次第に廃《すた》れていく。このスタイルズ荘は『カーテン』（一九七五）で再登場するが、その時にはゲストハウス

『シャーロック・ホームズの冒険』
アーサー・コナン・ドイル著　深町眞理子訳　二〇一〇年　創元推理文庫

『シャーロック・ホームズの復活』
アーサー・コナン・ドイル著　深町眞理子訳　二〇一二年　創元推理文庫

に姿を変えていた。本書はカントリーハウスがその〝らしさ〟を保っていた頃の作品なのである。

ただ、本書は舞台が戦時中であるため、優雅な邸宅暮らしという趣《おもむき》はない。戦時中ゆえの習慣が思わぬ伏線になっていたりもするので注意してお読みいただきたい。

そうそう、本書には初出時にヘイスティングズが描いたという設定の見取り図がそのまま収録されていることが多いが、シンシア・マードックの名前にスペルミスがある。百年にわたって修正されず使われているということは、クリスティのミスではなく、ヘイスティングズの〝抜けた性格〟の演出だと思うのだが、どうだろう？

『ポワロの事件簿1』（一九二四）

『スタイルズ荘の怪事件』が刊行されたとき、この風変わりな探偵に興味を示したのがイギリスの週刊誌〈The Sketch〉の編集者、ブルース・イングラムだ。

イングラムはクリスティにポワロもののシリーズを依頼。一九二三年の一年間で〈The Sketch〉に二十五本の短編が掲載された。この中から十一篇を選んでまとめたのがクリスティの第一短編集 *Poirot Investigates*[*]——『ポワロの事件簿1』だ。ちなみに残りは *Poirot's Early Cases* として一九七四年に刊行、

『ポワロの事件簿1』

厚木淳訳　一九八〇年　創元推理文庫

これが『ポワロの事件簿2』である。

　つまり本書はクリスティの初期も初期、作家としてヒヨコの頃の作品集なのだ。そのため収録作はとてもピュア――別の言い方をすれば素人《しろうと》っぽさが見えるのが微笑《ほほえ》ましい。〝私、シャーロック・ホームズが大好き！〟という思いがダダ漏れているのだ。ほぼ二次創作のようなものもある。当時のクリスティが現代日本にいたなら、コミケでホームズ本を出していたに違いない。

　クリスティ本人も自伝に書いているように、これらの短編はまず構造からしてホームズとワトスンの様式に倣《なら》っている。探偵と別に事件の記述者が存在し、その記述者の視点で物語が進むこと。その記述者と探偵が同居*していること。そしてその記述者は凡人で、探偵の引き立て役になっていること。その記述者が、アーサー・ヘイスティングズ大尉である。

　ヘイスティングズ大尉の初登場は『スタイルズ荘の怪事件』。戦争で負傷して療養中だったとき、かつてベルギーで知り合ったポワロと再会した。生真面目で正義感が強いが、女性に感情移入しやすいのが欠点。時々ポワロに対抗意識を燃やし、自己判断で動いて事態をややこしくすることもある。その一方で、彼の何気ない一言がポワロに事件解決のヒントを与えることも。ポワロは彼の凡庸《ぼんよう》さをからかい、それにヘイスティングズが反発して、けれど終わってみればやっぱりポワロの言うとおりだったね、というコンビ芸が本書のパターンだ。

　ホームズへのオマージュはこのふたりの関係だけではない。たとえば「西洋の星の事件」ではアパートの窓から道行く人を眺めて、どんな人物か当てよう

＊ Poirot Investigates
一九二五年、アメリカでこれに「ヴェールをかけたレディ」「消えた鉱山」「チョコレートの箱」を追加したバージョンが出版された。クリスティー文庫『ポアロ登場』はこの米版に沿っているため、収録作が創元推理文庫版より多い。その三篇は創元では『ポワロの事件簿2』に収められている。

＊記述者と探偵が同居
ふたりが同居したという話はシリーズ長編第二作『ゴルフ場の殺人』（一九二三）に登場する。

とする。「安いマンションの事件」は破格の好条件で提供されるマンションに多くの応募者が詰め掛ける中、ダメ元で出かけた人物になぜかとんとん拍子で決まってしまうという、ホームズの「赤毛組合」を連想させる構成だ。

だがもちろんそれだけじゃない。この短編集の最大の功績は、エルキュール・ポワロという探偵のキャラクターを定着させたことだ。銀行の頭取が失踪し、その解決についてポワロとジャップ警部が賭けをする「ダヴンハイム氏の失踪」で、ポワロはこんなふうに語っている。

「［前略］頼るべきものは」──とポワロは前額部をたたいてみせた──「頭だよ、小さな灰色の脳細胞だよ。五官は誤った結論にみちびく。真相は頭の外からではなく──頭の中に求めなければならん」

また、誘拐された首相を探して奔走する「誘拐された総理大臣」では、フランスまで調査に出かけたにもかかわらず、こう言うのだ。

わたしはロンドンを離れる必要はなかった。自分の部屋で静かに腰をおろしていれば、それで充分でしたろう。肝心なことはすべて、この中にある灰色の脳細胞です。脳細胞はひそかに黙々として、任務を果たしています。

もはやポワロの代名詞、「小さな灰色の脳細胞*」が繰り返し登場する。「じっ

＊「小さな灰色の脳細胞」 原文は"little gray cells"。一九二五年刊行の延原謙訳の「赤坊の腕」（『クラブのキング』、博文館所収）では「小さな白ぽい細胞の集合體」、一九三五年の延原謙訳『十二の刺傷』（柳香書院、『オリエント急行の殺人』）では「微細な脳細胞」、一九三七年の東福寺武訳『スタイルズの怪事件』（日本公論社）では「灰色の小細胞」と訳されている。

ちゃんの名にかけて」や「うちのカミさんが」のように、その探偵を象徴する決めゼリフの存在がキャラを立たせるのはご存じの通り。エルキュール・ポワロとはこういう探偵なのだ、こういう推理方法を採るのだということが、本書で読者に染み渡ったのだ。

宝石盗難という同種の事件にまったく異なるアプローチを見せる「西洋の星の事件」と「グランド・メトロポリタンの宝石盗難事件」、エドガー・アラン・ポオの「盗まれた手紙」を思い出させる「遺言書の謎」、当時大きなニュースだったファラオの呪いからヒントを得た「エジプト王の墳墓の事件」、二重の密室がテーマの「百万ドル公債の盗難」。

それらすべてで、ヘイスティングズとわちゃわちゃじゃれ合い、灰色の脳細胞を誇示し、最後には鮮やかに事件を解決。この様式美こそが本書の魅力だ。通して読むと似たような仕掛けが多用されていることに気づくが、それはのちのクリスティの得意技へとつながっていく。

残虐な場面やセクシャルな描写はなく、小難しい社会問題や政治の話もなく、スタイリッシュで軽やかで知的刺戟《しげき》に溢《あふ》れた短編集だ。ポワロ＆ヘイスティングズのコンビ芸を堪能せよ！

2　時代の証人としてのジェーン・マープル

ポワロと並ぶもうひとりの名探偵である。セント・メアリ・ミード村に住む、ガーデニングと編み物と読書が趣味の一見無害なおばあちゃん。村の噂に通じ、人間心理に通じ、どんな難事件もこれまでの人生経験に照らして真相をずばりと見抜く。登場作品数はポワロに及ばないが、その人気はポワロと二分する。

ミス・マープルが誕生したきっかけは、ポワロものの代表作である『アクロイド殺害事件』（一九二六・※別題『アクロイド殺し』）の舞台化だった。現代でも小説の舞台化や映像化といえば多少の改変はつきものだが、この舞台では、ワトスン役であるシェパード医師の姉・カロラインを若い女性に変えて、ポワロとのロマンスが用意されていたという。これがクリスティは気に入らない*。だってカロラインは、クリスティのお気に入りキャラだったから。

噂好きの中年のおばさんで、好奇心の塊《かたまり》。やたらと世話好きで話好き。とにかく村の中の出来事で知らないことはない。牛乳配達やお屋敷のメイドなど、あらゆるところに情報のツテを持ち、それらの噂をもとに自己流の推理を開陳する。半ば妄想だが、実はけっこう当たっているものもあって……。

舞台でカロラインが改変されると聞いたとき、クリスティは自伝に「このと

＊これがクリスティは気に入らない
このときの気持ちを、後に『マギンティ夫人は死んだ』の中《なか》で推理作家のミセス・オリヴァーに吐露させている。六十歳である彼女のシリーズキャラクターを三十代にしてロマンスを入れたい劇作家との議論に脱力するミセス・オリヴァーは、まさにこのときのクリスティそのものだっただろう。

きに、わたしにはまだわかっていなかったけれど、セント・メアリ・ミード村ではミス・マープルが誕生していたのだと思う」と書いている。同時に、マープルの洞察力はクリスティ自身の祖母をモデルにした部分もあるという。

かくして村の情報通であるおばあちゃんが誕生した。＊ 幼い頃はドイツ人の家庭教師につき、十六歳でフィレンツェの寄宿学校に入る。卒業後はロンドンの自宅に戻るが、それ以外の前半生はわかっていない。『魔術の殺人』（一九五二）や『バートラム・ホテルにて』（一九六五）で多少、思い出が語られる程度だ。未婚のまま年を重ね、今はセント・メアリ・ミード村で悠々自適の日々を送っている。作家で甥《おい》のレイモンドが家政婦をつけてくれたり旅行に行かせてくれたりも。ちなみにマープルという名前は、チェシャー州に実在した館、マープル・ホールから採られたそうだ。

初登場時の設定は六十五歳から七十歳くらい。これほど長く書き続けるとわかっていれば小学生にするんだった、と後にクリスティは述懐しているが、マープルの推理方法は人生経験をもとにしたものなので、小学生では無理だろう。自分が出会った人や経験したこと、似たような出来事があったとき、あの人はどうしたんだっけ？　そういった過去の事例をもとに、マープルは推理を組み立てる。

ポワロは異邦人だと、前に書いた。翻《ひるがえ》ってマープルは中の人であり、時代の証人だ。ヴィクトリア朝時代に生まれ、戦争を体験し、その時代ごとに人の世がどのように変わり、人心がどのように変わったかを、イギリスという国の

＊おばあちゃんが誕生した
マープルが女性探偵の嚆矢のように言われることが多いが、一九〇六年にレジナルド・ライト・カウフマンのフランシス・ベアード（探偵事務所員）、一九一〇年にバロネス・オルツィのレディ・モリー（警察官）、一九一一年にM・R・ラインハートのレティシア・カーベリー（素人探偵の中年女性）、一九一五年にA・K・グリーンのヴァイオレット・ストレンジ（私立探偵）など、すでに多くの女性探偵が誕生しており、むしろマープルのヒットはそんな女性探偵の地位を不動のものにしたと言ったほうが正しい。ほぼ同時期の一九二八年にはパトリシア・ウエントワースの老嬢探偵ミス・シルヴァーが登場しているし、このあと一九三〇年にはいよいよ少女探偵ナンシー・ドルーがお目見えする。

中で常に目撃してきた。

カントリーハウスがあり、地主と使用人がいて、階級社会がくっきりはっきりしていた時代をマープルは知っている。それが次第に新興住宅地が立ち並び、労働者階級の若者は住み込みの使用人ではなく都会へ働きに出るようになり、上流階級は生活の維持が難しくなった。世界に冠たる大英帝国が二度の戦争を通して次第に沈んでいく様子。そこから生まれた新しい文化と生活。ヴィクトリア朝からビートルズ旋風*まで、女性が教育を制限され選挙権もなかった時代から自分で好きな仕事を選べるようになった時代まで、マープルはつぶさに見てきたのだ。

古き良き時代を知り、懐かしいものを大切にする、淑女であるマープル。同時に彼女は新しい文明を臆することなく楽しみ、そこらの男性刑事よりも賢く、誰よりも正確に真相を見抜く〝新しい女性〟なのである。

なお、そんなマープルは後年、大きな変貌を遂げるのだが……それはまた別項で。

***ビートルズ旋風**
『バートラム・ホテルにて』にビートルズの名前が登場する。

▼ミス・マープルを知る二冊

『ミス・マープルと13の謎』（一九三二）※別題『火曜クラブ』

一般にミス・マープルの初登場は『ミス・マープル最初の事件 牧師館の殺人』（一九三〇・※別題『牧師館の殺人』）とされているが、実は本書収録の

「〈火曜の夜〉クラブ」が雑誌に発表されたのが一九二七年で、以降、「青いゼラニウム」までの七作が一九二九年までに世に出ている。こちらが事実上のマープルのデビュー作なのだ。

　物語は、お馴染みの顔ぶれが定期的に集まって未解決事件について語り合う、というもの。作家である甥のレイモンドを始め、牧師や事務弁護士、ロンドン警視庁《スコットランドヤード》の前総監、医師や大佐夫妻や新進の女性画家*に女優といった名士たちだ（職業名に殊更〝女〟をつけるのは好みではないが、ここでは老嬢の対比として当時の〝今どきの女性〟をメンバーに配しているという趣向が大切なので）。

　第一短編「〈火曜の夜〉クラブ」では、一緒に食事をしたある夫妻とコンパニオン（夫人の話し相手として雇われている女性。『スタイルズ荘の怪事件』の項参照）が食中毒になり、妻が死亡する。調べた結果、砒素《ひそ》が盛られていたことがわかる――というもの。財産狙いの夫の仕業か、はたまたコンパニオンの女性に何か動機があったのか。メンバーが首を傾げる中、まったくの員数外とみなされ暖炉のそばで編み物をしていたマープルが、むかし村で起きた事件を例にあげ、鮮やかに真相を見抜く。

　最終話の「水死した娘」を除き、すべて物語はこの安楽椅子探偵のパターンで進む。消えた金塊《きんかい》の謎や、歩道に点々と落ちた血痕らしき染みとその後に起きた殺人事件、占い師に予言された死の謎など、バラエティに富んだ事件が次次と紹介され、それをマープルは、いつも変わらぬ態度で、村の出来事に喩《たと》えながら解決していくのである。

『ミス・マープルと13の謎』

深町眞理子訳　二〇一九年　創元推理文庫

＊女性画家
ジョイスという名で、作中ではレイモンドの婚約者として登場するが、のちに他の作品に登場するレイモンドの画家の妻はジョーン。愛称なのか別人なのかは不明。

村のことしか知らない、気を遣《つか》って仲間に加えてあげただけの老嬢とバカにしていた面々が、次第に「あなたの知らないことなんて、この世になにひとつないみたいだ」と言うようになり、彼女の推理の道筋に対して「ミス・マープルはさだめしセント・メアリ・ミードの村で、これによく似たケースがあったのをご存じなんだ」と考えるようになる。マープルを見る目がどんどん変わっていくのが実に痛快だ。

また「聖ペテロの指の跡」と「クリスマスの悲劇」はマープルが出題者となる。前者は姪《めい》の冤罪《えんざい》晴らし、後者はアリバイ崩しである。謎を出す側のマープルもまた新鮮。

マープルは本書で、「人間なんて、みんな似たり寄ったりなんです。ただ、おそらくはさいわいなことに、それに気づかないだけなんですよ」と語る。村の出来事に喩えるのはそのためだ。見た目や地位や時代にかかわらず人間誰しも持っているものは同じ、という人生経験に裏打ちされた真理である。ミステリのトリックはいつか古びる。けれど人の営みは、人の心理は、決して古びない。愚かで、失敗を隠したがって、見栄を張りたくて、欲しいものが我慢できなくて——そんな愚かな、愚かだからこそ愛おしい、時代を経ても変わらない人の営みが描かれているからこそ、マープルは九十年以上経った今でも愛され続けているのである。

初登場となった「〈火曜の夜〉クラブ」では、マープルはヴィクトリア時代のファッションで登場する。本編が雑誌掲載された際には、レースの襟《えり》がつい

◆トリビア

「動機対機会」でトミー・シモンズが教師に仕掛ける悪戯クイズは日本語ではやや説明しにくい。創元推理文庫版は原文に沿って説明を加えた訳になっているが、クリスティー文庫版では違った工夫がされている。

＊レースの襟〜黒いキャップ

一九二七年十二月の〈The Royal Magazine〉に掲載された「〈火曜の夜〉クラブ」の挿絵。めっちゃ意志強そう。

た服に、頭には黒いキャップ*という、本書に描かれている通りのマープルの挿絵が添えられた。優しい微笑みをたたえた、けれど眼光鋭いマープルを目にすることができる。

　しかしこのあと、長編に活躍の場を移したマープルは、ツイードのスーツという現代的なファッションに身を包み、傘や鞄《かばん》を持って出歩くようになる。意外と活動的なのだ。古き時代を知るマープルは、このあと新しい時代へと舞台を変えることになるのである。

『書斎の死体』（一九四二）

　ある朝、セント・メアリ・ミード村のはずれにあるゴシントン館*で、騒ぎが起きた。館の主人であるバントリー大佐の書斎で、若い女性の死体が発見されたのだ。ところが大佐夫妻も使用人たちも、この女性に見覚えがない。大佐夫人のドリーは、仲のいいマープルに助けを求めることに。一方その頃、屋敷から数十キロ離れたホテルで、ダンサーが姿を消しており……。

　ミス・マープルの第二長編である。クリスティのユーモアのセンスが光る、コミカルな幕開けが楽しい。本書の特徴はまず、〝書斎の死体〟であるということ。いや、タイトルじゃなくて。序文でクリスティが書いている通り、書斎で死体が発見されるというのは海外のミステリでよくある設定なのである。ホームズの『恐怖の谷』や「踊る人形」をはじめ、クリスティなら『ミス・マー

『書斎の死体』

山本やよい訳　二〇〇四年　クリスティー文庫

＊ゴシントン館
『ミス・マープルと13の謎』の後半七篇はゴシントン館に集まって行われており、バントリー夫妻もメンバーとして登場する。

プル最初の事件 牧師館の殺人』や『アクロイド殺害事件』、『晩餐会の13人』*（一九三三・※別題『エッジウェア卿の死』）もそうだ。

なぜ書斎が舞台になるのか。そこが主人のプライベートスペースだからである。だから大抵は館の主人が被害者になることが多い。しかしクリスティはそこに、本来存在するはずのないけばけばしい若い女性の死体を配することで、物語の最初に意外性を演出した。

本書ではクリスティの〝見せかけの巧さ〟が炸裂している。書斎に死体があるなら被害者は男、と思わせて女。マープルにバントリー夫人とくれば舞台はお馴染みセント・メアリ・ミード村だなと思わせて話の大部分は観光地のホテル。このあたりはまだたいしたことはないが、読み進むうちに〝○○と思わせて××〟というパターンが大量にまぶされていることに気づくだろう。そして大小様々な〝○○と思わせて××〟の中に、ミステリの構造そのものをひっくり返す特大の〝○○と思わせて××〟*が仕掛けられている。

ミステリには数々のお約束がある。たとえば、孤島や吹雪の山荘に閉じ込められると聞けば、これはひとりずつ殺されていくパターンだなと予想するだろう。本書にもこれに近い、〝こういう場合はこのパターン〟というお約束の展開がある。ところがミスディレクションの巧さゆえに、読者はそのパターンの登場に気づかないのだ。本来なら極めて脆弱《ぜいじゃく》な謎が、この仕掛けのせいで複雑怪奇になっていくのである。

もうひとつ、本書で注目すべきは、これが階級の物語であるということだ。

＊晩餐会の13人
二〇二二年のNHK大河ドラマでこのタイトルを連想したクリスティファンは多いはず。

＊特大の〝○○と思わせて××〟
マープルものの別作品に同じ仕掛けを使ったものがあるが、その作中でマープルは『書斎の死体』の事件に言及する。ファンサービスに見せて実はヒントになっている次第。

物語の序盤から、まどろむ大佐夫妻と慌てる使用人たちが並べて描かれるが、ラストシーンも階級の話で終わっている。その他にも、警官が上流階級には逆らえないとか、同じ階級の仲間意識で庇《かば》い合うことを案ずるとか、階級の話が随所に登場する。前述のミスディレクションの例でいえば〝自身を他の階級に見せかける〟というエピソードもあるし、何より、マープルがあることに気づくのも階級に似合わないあるものがきっかけだ。

村の人々の内実に通じていると同時に、イギリスの階級社会をよく知っているマープルだからこその謎解きである。

なお、本書で死体発見現場となるゴシントン館は、ちょうど二十年後、『鏡は横にひび割れて』（一九六二）で再び殺人の舞台となる。しかしすでに館の主は替わっている。セント・メアリ・ミード村も時代とともに変わっていくのである。

3　年齢を重ねるトミー&タペンス

思いついたら即行動のタペンスと、常識的で慎重だけど意外にキモが据わっているトミー。

この凸凹《でこぼこ》の夫婦が織りなすコミカルでスリリングなミステリは、短編集を含めたった五作しか出ていないにもかかわらず、ファンの人気はとても高い。シリーズ三作目の『NかMか』（一九四一）が出たあと二十年以上の間隔が空いたときには、「あのふたりは元気ですか？」という問い合わせが読者から来たという。

プルーデンス・L・カウリー、通称タペンス。サフォーク州にある教会の大執事の娘として生まれた彼女は、第一次世界大戦中にロンドンの将校用病院に勤務。小ぶりな顔の繊細な輪郭、しっかりしたあご、まっすぐな黒い眉、大きな灰色の目。退屈が何より嫌いで好奇心いっぱい。趣味は探偵小説を読むこと。

トマス・ベレズフォード、通称トミー。第一次大戦で二度の負傷、エジプトで休戦を迎えて帰国した。情報部にいたこともある。きちんと整えられた豊かな赤毛、不器量だが感じのいい、日に焼けたスポーツマンらしい顔つきの青年だ。こちらも探偵小説マニア。

幼馴染みのふたりが戦後に街角で偶然再会したとき、不況の中でともに失業中だった。それなら一緒にお金を稼ごう！　ということでこのコンビが爆誕した。

アクセルをベタ踏みするタペンスに、そのストッパーとなるトミー。この時代には珍しい、まったく対等な男女ペア*の探偵である。しかもそのキャラクターゆえにシリーズは常にユーモアに溢れている。生き生きと駆け回る二人の姿は、読んでいてとにかく楽しい！

シリーズ最大の特徴はふたりが外の世界の時の流れに合わせてちゃんと年齢を重ねるというところにある。第一作『秘密組織』（一九二二・※別題『秘密機関』）のときは「二人の年齢を足しても合計で四十五歳に満たない」若さだったが、第二次世界大戦中を舞台にした『NかMか』では四十代半ば。ふたりの子どももう軍の仕事に就いている。さらに一九六八年刊行の『親指のうずき』では頭に白いものが混じり始めた初老の夫婦。そしてクリスティの実質的な最終作となった一九七三年の『運命の裏木戸』ではふたりとも七十歳を過ぎている。

それぞれの物語にその時代のイギリスが抱える問題がさりげなく描かれ、トミーとタペンス夫妻もその時代・その年齢ならではのエピソードを読者に見せてくれるのが実に興味深い。結婚を決め、子どもができる。戦争をくぐり抜ける。子どもたちが成長し、自分たちの若い頃とまったく同じように年寄りをバカにするのを見て苦笑する。隠居後の退屈を持て余す。登場したときには赤ち

＊男女ペア

男女ペアものの探偵は〝探偵と助手〟〝探偵とかき回し役〟〝探偵と刑事〟に概ね分類され、主な探偵は片方に定まっているケースが多いが、完全に対等な例としては、『チャイナタウン』に始まるS・J・ローザンの《リディア・チン&ビル・スミス・シリーズ》がある。

『チャイナタウン』

S・J・ローザン著　直良和美訳
一九九七年　創元推理文庫

ゃんだった子が、大学を卒業する。孫ができる。老人ホームにいる叔母を見舞い、自分たちの終《つい》の住処《すみか》を探す。第一作で助手に雇った少年・アルバートは、大人になって結婚してもふたりのそばを離れず、老いた夫婦の世話をする忠実な召使いになった――。

　タペンスの年齢設定がクリスティよりおよそ十歳下ということを考えれば、これはクリスティが通ってきた道を彼女に仮託していると考えていい。戦争中に、戦後に、不景気の中で、その時代ごとにクリスティが感じたこと、考えたことがタペンスの口から語られる。彼らはポワロともマープルとも違う、〝人生〟を持ったキャラクターなのだ。読者も彼らと一緒に歳をとり、その変化を感慨を持って見つめるのである。まるで現実の知り合いのように。

▼トミー&タペンスを知る二冊

『秘密組織』（一九二二）　※別題『秘密機関』

　第一次世界大戦が終わり平和が戻ったロンドンで、幼馴染みのトミーとタペンスが久しぶりに再会した。ともに失業中のふたりはベンチャー会社〈若き《ヤング・》冒険家商会《アドヴェンチャラーズ》〉を設立して、「仕事を求む、内容・場所は不問」という新聞広告を出そうとする。ところが妙な巡り合わせで、英国の極秘文書紛失事件に巻き込まれることに。トミー旧知の情報部の上司に依頼され、ふたりは英国を揺るがす陰謀に立ち向かうのだが……。

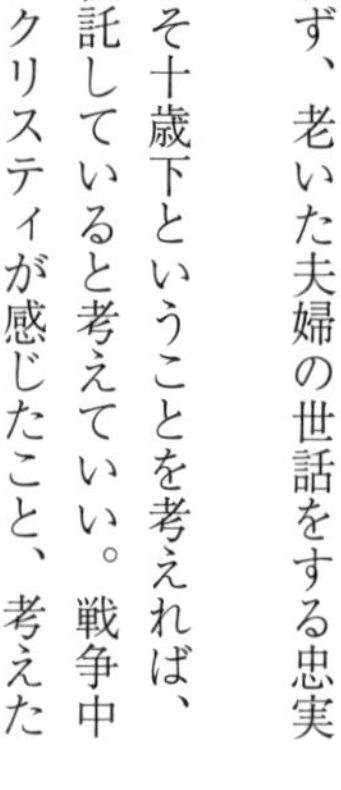

『秘密組織』
野口百合子訳　二〇二三年　創元推理文庫

デビュー作『スタイルズ荘の怪事件』に続いて発表された、第二長編である。前作とはがらりと雰囲気を変えた、陽気で楽しいスパイスリラーだ。クリスティは自伝で「これはスパイ小説、スリラーもので、探偵小説ではなくなるだろう」「『スタイルズ荘の怪事件』で探偵仕事に巻き込まれた後の気分転換である」と書いている。なるほど、静謐《せいひつ》だった前作と打って変わって、とにかく行間から元気がほとばしるようなエンターテインメントだ。若きクリスティがとても楽しんで書いているのが伝わってくる。

スパイ小説と言っても、ジョン・ル・カレ*やグレアム・グリーン*みたいなのを考えてはならない。クリスティのそれは、たとえばホームズの「海軍条約事件」やモーリス・ルブランの《アルセーヌ・リュパン・シリーズ》に出てくる敵役のような、あるいは『名探偵コナン』の黒の組織のような、一種のアイコンだ。なにしろ国家レベルの事件を素人の、単なる探偵小説好きの若者に頼むんだから。

評論家の霜月蒼《しもつきあおい》さんが『アガサ・クリスティー完全攻略』（クリスティー文庫）でいみじくも喝破《かっぱ》しているように、これは「ごっこ遊び」なのだ。そして実際、ノリと勢いで突っ走るスパイごっこが最高に楽しいのである。

でもそれだけじゃない、というのがポイント。本書には無視できない要素が三つある。

ひとつは第一次世界大戦後の若者たちがどういう状況にあったかが描写されているということ。戦地から帰ってきた男性がそれぞれの職場に戻り、女性た

＊ジョン・ル・カレ
＊グレアム・グリーン
ともにスパイ小説の大家。グレアム・グリーンの『スタンブール特急』（早川書房）はオリエント急行が舞台。

ちは再び家庭へと押し戻された。若者は軍から帰ってきても働ける場所がなかった。クリスティの家にも、そんな若者たちがストッキングや家庭用品、ときには自作の詩を売りに来たという。痛ましくも絶望的な状況の中にいる若者たちの、胸の空《す》くような活躍というのが本書の大前提なのである。

ふたつめは、ミステリとしての精度。探偵小説ではない、スパイスリラーだなんて言っておきながら、やっぱりクリスティはミステリ作家なのである。特に人物配置の妙に注目していただきたい。怪しそうな人、怪しくないがゆえに疑いたくなる人など、相関図の中にもめくらましが仕掛けられる。クリスティが読者をどう誘導していくのか、誘導した先に仕掛けられるものも含めて、これはやはり緻密《ちみつ》に考えられた謎解きミステリなのだ。

そして最後に。本書はスパイスリラーであり謎解きミステリでもあるが、それ以上に、ふたりの出会いから恋愛成就《じょうじゅ》までを描いたロマンス小説であるということを強調しておきたい。幼馴染みの再会に始まり、別の男性が出現してタペンスにプロポーズ（恋のライバルがお金持ちというのも定番！）。でもトミーの消息が途絶えたとき、お金持ちのプロポーズより一文なしのトミーを心配している自分に気づく。そして大団円。すべてがジェーン・オースティン以来のロマンス小説の構造に沿って展開しているのだ。

スパイは〝ごっこ〟だった。でもふたりの人生のリアルは、ここから始まるのである。

『二人で探偵を』（一九二九）　※別題『おしどり探偵』

トミーとタペンスが結婚して六年が過ぎた。平和だけれど何も起こらない日々にタペンスが飽きてきたとき、意外な話が舞い込む。トミーの上司である情報局の長官の口利きで、所長が逮捕されて宙に浮いてしまった国際秘密探偵社を引き継ぐことになったのだ。狙いは元所長と結託していたソ連のスパイを炙《あぶ》り出すこと。でもそれだけじゃつまんない。せっかく探偵事務所を開くんだから、ここはやっぱり名探偵として活躍しなくては！　かくして、探偵小説マニアのふたりによる〝なりきり探偵ごっこ〟が始まった——。

第一作『秘密組織』を〝ごっこ遊び〟と書いたが、本書は全編これ正真正銘の〝ごっこ〟である。いやあ、このふたり、遊ぶにもほどがある！

収録されているのは全部で十七篇*。第一話「「アパートに妖精がいる」」では前作から七年ぶりに帰ってきたふたりの近況報告と、国際秘密探偵社引き継ぎの提案が語られる。いわばプロローグなのだが、まずはこの何ということもない、特に事件が起きるわけでもない第一話が、本書の雰囲気のすべてを伝えている。

ひとことで言えば、スタイリッシュな夫婦漫才。タペンスが〝退屈だ〟ということを伝えたい、それだけなのにまあふたりの会話の小粋《こいき》なことと言ったら！　ひとつひとつがしゃれてて気が利いていて、それでいて鼻につかない。とても仲のいい（そして頭もいい）夫婦の和《なご》やかな関係が伝わってきてニコニ

『二人で探偵を』

一ノ瀬直二訳　一九七二年　創元推理文庫

＊全部で十七篇　クリスティー文庫では十五篇。これは二部構成の作品をひとつにまとめたものが二作含まれるため。

コしてしまうのだ。

そしてこの〝ふたりでわちゃわちゃ〟*こそが、この短編集のメインだと断言してしまおう。

探偵小説マニアのふたりが探偵事務所を開くにあたり、彼らは手本となるべき名探偵を毎回決める。ホームズを真似て依頼人の当日の行動を当てようとしたり、下手なヴァイオリンを引いてタペンスの顔をしかめさせたり。同じ人物が同時に離れた二箇所にいたというアリバイ崩しの「破れないアリバイなんて」ではF・W・クロフツの生んだフレンチ警部を念頭に置き、「霧の中の男」ではG・K・チェスタトンのブラウン神父を真似て法衣で歩いているときに事件に出くわす。「サニングデールの怪事件」ではバロネス・オルツィの隅の老人よろしくカフェで紐《ひも》をいじくるのだ。日本でも有名な探偵の名前が出てくる回もあれば、知らない探偵に興味を惹かれる回もある。ある意味、黄金期の名探偵ガイドにもなっているのである。

これらは形を真似て遊んでいるだけで、それぞれの短編の内容がその先行作のパロディになっているわけではない。そういう意味ではミステリマニアには食い足りないが、ふたりの（そしてクリスティの）ミステリ愛に顔がほころんでしまうこと間違いなし。各編の謎解きはアリバイ崩しあり暗号あり殺人ありとバラエティに富んでいて楽しいし、そういうことかと膝《ひざ》を打つ出来のものもある。しかし、謎解きの妙よりはやはりふたりのわちゃわちゃこそが本書の主眼といっていいだろう。

＊ふたりでわちゃわちゃ
『ポワロの事件簿1』のポワロとヘイスティングズも同じ。初期のクリスティはこのようなコンビ芸が好きだったようだ。

名探偵の真似をするだけではなく、セルフパロディも楽しいぞ。前述の「サニングデールの怪事件」は、ゴルフ場で殺人事件が起き、茶色い服の女が目撃される*という、クリスティ作品を読んできたファンならにやりとする設定。さらに最終話「ついに十六番の男が……」ではふたりはポワロとヘイスティングズとして、灰色の脳細胞を働かせるのである。つまりここではポワロは〝小説に出てくる名探偵〟なのである。なんとメタな！

ちなみに前作で雇ったアルバート少年も、格式の高い探偵事務所のボーイという役を楽しんで演じる。そして最終話の最後でこの〝ごっこ〟は幕を閉じる。読者が次に彼らに再会するのは、第二次世界大戦勃発後という、ごっこでは済まない時代になってからなのである。

＊ゴルフ場で殺人事件が起き、茶色い服の女が目撃される
もちろん『ゴルフ場の殺人』と『茶色の服を着た男』（一九二四）のセルフパロディである。

4　渋さが光る捜査官・バトル警視

ポワロのような強烈な個性はない。ミス・マープルのような親しみやすさもない。スコットランドヤードに勤務するバトル警視は、謹厳実直にして常に冷静な捜査官だ。

中年で、がっちりした体格。「まったく珍しいほど妙に無表現な」顔。一見鈍重そうで、「非理知的で、探偵というよりは、むしろ小使いといった感じ」の見た目。だが、そんな彼を見たある登場人物は思う。「大男で、たくましく、よくめだち、どういうものかあくまでイギリス人らしい感じだった」「一つだけ［中略］確信していることがあった。バトル警視がけっしてばかではないということだ」

何を考えているのかまったく表情に表さない無骨な男でありながら、油断できない何かを持つ男――それがバトル警視だ。実際、スコットランドヤード内の信頼は篤《あつ》く、微妙な政治的性質を帯びた事件を多く扱っている。かなりの大物なのである。

彼の捜査方法は、容疑者を泳がせてミスを待つ、というもの。ひとりひとりの動きをひたすら観察する。さらに根気強い。形勢が悪くなれば方法を変えて、ひたすら粘る。その結果、彼は「負けたことがない」無敵の捜査官となった。

いやあ、渋い！　そもそも物静かというのが、他のクリスティ作品の探偵にはついぞ見られないキャラだ。いや、こっちが普通なんですけどね？　他の探偵たちが喋《しゃべ》りすぎるだけなんですけどね？　しかもバトル警視、家庭人としても良き夫、良き父（子どもは五人！）*なのである。一見目立たないけど仕事ができて、家庭を大事にする。素晴らしいなバトル警視。

規格外の探偵たちばかり生み出してきたクリスティが、なぜこんなにまっとうな（？）捜査官を書いたのか。私は、チャールズ・ディケンズ『荒涼館』（一八五三）に登場するバケット警部へのオマージュではないかと考える。バケット警部は家庭を大切にし、子ども好きである一方、事件に対しては鋭い洞察力を発揮する。クリスティはディケンズの中でも『荒涼館』がいちばん好きで、この映画のシナリオを書いたこともあるのだ（結局映画は実現しなかったが）。

バケット警部が原型ではないかという理由はもうひとつある。バトル警視が初めて登場した『チムニーズ荘の秘密』（一九二五・※別題『チムニーズ館の秘密』）やその続編『七つのダイヤル』（一九二九・※別題『七つの時計』）では、物語の語り手は他の人物で、前半のバトル警視の存在感は薄い。彼が前面に出てくるのは事件が佳境に入り、物語も終盤になってからなのだ。『荒涼館』でのバケット警部もまた、はじめは多くいる脇役のひとりに過ぎないが、全体の四分の三を過ぎたあたりから物語の中心に出てくる。構成がよく似ているので

***良き父（子どもは五人！）** 『複数の時計』に登場する英国秘密情報部員がバトル警視の息子ではないかと言われている。

ある。

　そんなバトル警視が全編を通して活躍するのが『ゼロ時間へ』（一九四四）だ。彼のプライベートが初めて語られる作品でもある。理想の父親ぶりを発揮しているのが特に読みどころ。

　他の登場作には『ひらいたトランプ』＊（一九三六）と『殺人は容易だ』（一九三九）があるが、前者はポワロや他のシリーズキャラと共演という特別な趣向の作品だったし、後者は最後にちょっと登場する（そしてきっちり謎を解く）だけなので、一度は彼をきちんと〝主役〟にしよう、と思ったのかもしれない。

▼バトル警視を知る一冊

『ゼロ時間へ』（一九四四）
　とても凝《こ》った、そしてよく練られた構成の逸品《いっぴん》である。
　まずプロローグで、老法律家が推理小説について持論を語る。推理小説はどれもこれも出発点が間違っている、殺人が起きたところから話が始まるが、殺人は結果なのだ、と。「物語はそのはるか以前から始まっている――ときには何年も前から――数多くの要因とできごとがあって、その結果としてある人物がある日のある時刻にある場所におもむくことになる」「すべてがある点に向かって集約していく……そして、その時にいたる――クライマックスに！　ゼロ、ゼロ時間だ。そう、すべてがゼロ時間に集約されるのだ」

＊『ひらいたトランプ』
ポワロ、バトル警視、レイス大佐、ミセス・オリヴァーというクリスティのシリーズキャラが一堂に会して推理合戦（？）を繰り広げるという、スペシャル感のある作品。カードゲームのコントラクト・ブリッジのルールが重要な意味を持つ。クリスティにはブリッジが登場する作品が多いが、中でも本書はブリッジだからこそ成立する謎解きが興味深い。

『ゼロ時間へ』

三川基好訳　二〇〇四年　クリスティー文庫

続く第一章では、さまざまな人物の様子が断章のように綴《つづ》られる。自殺に失敗した青年マクワーター、別れた妻オードリーに再会した有名スポーツ選手ネヴィル、それに嫉妬する今の妻のケイ。ケイのボーイフレンド。いつも泊まっているホテルが使えず行き先に悩むトレーヴ氏。マレーシアの仕事先から久しぶりにイギリスに帰るロイド。寄宿学校に入っている娘が窃盗の疑いをかけられたと聞いたバトル警視。そして何やら犯罪計画を練っているらしき人物。

そして第二章では、それらの人物が偶然か必然か、同じリゾート地に集まることになる。ネヴィルの前妻と今の妻の三角関係に不穏な空気が流れる中、ついに事件が起きた——。

つまり本書はプロローグで老法律家の語った、殺人はスタートではなく結果である、という理屈に則《のっと》った構造をとっているのだ。第一章に登場したばらばらの人物のばらばらの行動が、どこに向かって集約していくのか。近くに泊まっているだけの無関係な人物が、どう本筋にかかわってくるのか。いわば、〝その時〟までのカウントダウンを見せてくるのである。

言い換えれば、事件が起きたときにはすでにヒントは出揃っているわけで、とてもフェアな謎解きミステリだ。が、もちろん一筋縄ではいかない。大きなものから細かいものまで大量のミスディレクションが仕掛けられており、かなり捻《ひね》ってくるのでご注意を。読み終わったあとで、〝すべてが集約されるゼロ時間とはどの時点のことを指していたのか、その〈すべて〉には何が含まれるか〟をあらためて考えてみていただきたい。

◆トリビア
一九五九年に刊行されたコリンズ社のペーパーバックレーベル、フォンタナブックスでの本書の表紙には、トリックそのものの場面のイラストが描かれている。なんと大胆なネタバレか！

これは別項でも紹介するが、一九三〇年代半ばからクリスティの作品には、事件が起きるまでの描写にページ数を費やすものが増えてきた。＊最初に事件を起こして注目させるのではなく、犯罪以前を長く書き、ある時点にくるとそこまでに仕込まれた要素が事件となって顕在化する、そのドラマを見せるようになるのだ。本書はその到達点と言える作品である。

本書でひとつ注目願いたいのが、現代にも通じる、ある社会病理を扱っているという点。私が本書を初めて読んだのは八〇年代だったが、そのときはどうしてもある人物の心理が理解できなかった。ところが令和の今なら〝こういうことが現実にある〟と知っている。かつてはさほど認知されなかった、けれど今では名前もついているその現象を、八十年も前に小説の中で書いていたことに驚かされる。

もうひとつ、思わずニヤリとしてしまうのが、ポワロの名前が出てくることだ。捜査に行き詰まったバトル警視が、知り合いのポワロ（どんな知り合いかは『ひらいたトランプ』をお読みください）を思い出し、彼の手法を真似て活路を見出すのである。

なお、本書の刊行は一九四四年だが、原稿自体は四一年に完成し、出版社に渡していたという。そのときクリスティは、出版はしばらく待ってほしいと告げている。すでに戦争が始まっており、万が一のことがあるかもしれない。あるいは混乱の中でまともな執筆ができなくなるかもしれない。そのときの保険にとっておいてほしい、という意図だったという。

＊事件が起きるまでの描写にページ数を費やす
日本での初訳は一九五一年の三宅正太郎訳『殺人準備完了』（早川書房）。あとがきには「最初に全く関連のないように見える多くのサスペンスを次々と羅列して登場せしめているので、読者は混乱と退屈を感じるが」などとあり、この時代には最初に事件が起きないミステリに馴染みがなかったことを窺わせる。

5　個性的な短編の探偵たち

登場作品は少ないがきらりと光るふたりのシリーズキャラがいる。パーカー・パイン*とハーリー・クィン氏だ。ともに短編集が一冊だけというレアキャラにもかかわらず、他の探偵たちにはないその個性が読者に残す印象は強い。

パーカー・パイン。

官庁で統計収集*の仕事をした後、退職後は心の専門家としてリッチモンドストリートにオフィスを開業。不幸は五つの項目に分類できるという信念のもと、タイムズ紙に「あなたは幸せですか？　幸福でないかたはパーカー・パインにご相談ください」という広告を出す。悩みを聞いたらそれを解決するための計画を立て、時には依頼人すら騙すような意外な方法でハッピーエンドをもたらすのがいつものパターンだ。多分に詐欺風味の幸せ仕掛け人である。

リタイア後なので年齢はおそらく六十代。肥満というほどではないが大きな体で、形の良いハゲ頭に度の強いメガネ――ポワロやマープルを年輩に設定したのを後悔していたはずなのに、またも老齢（そして禿頭《とくとう》）のキャラを生み出すあたり、つまるところクリスティはこの手の造形が好きだったのだろう。

なお、パイン氏の秘書であるミス・レモンは後にポワロの秘書になり、計画

＊パーカー・パイン　パーカー・パイン誕生のきっかけは、クリスティによるまえがきで説明されている。このまえがきは底本の関係で創元推理文庫版にしか収録されていない。

＊官庁で統計収集　官庁で統計に携わり、推理力・洞察力に長けるという造形は、クリスティが好きだったシャーロック・ホームズの兄、マイクロフトと近いものを感じる。

の筋書きを考えるミセス・オリヴァー*は世界的に有名な推理作家として後にポワロと交流を持つようになる。

　他のシリーズキャラにはないパイン氏の特徴は、社会的地位のあるイギリス人男性だということだ。外国人のポワロやおばあちゃんのミス・マープル、何の後ろ盾もないトミーとタペンスには持ち得ない社会的信用があり、警察官という公職についているバトル警視には不可能な方法で問題を解決する。これはパイン氏にしかできない仕事なのだ。

　ハーリー・クィン。

　これまたかなり毛色が違う。シリーズの視点人物は六十代の紳士、サタスウェイト氏。ゴシップ好きで顔が広く、他人の人生をまるでドラマを見るように傍観者の立場で眺めている人物だ。そんなサタスウェイトが何らかの事件に出会ったとき、どこからともなく現れ、彼を真相へ誘導するのがハーリー・クィンである。

　背が高く、痩身で、黒髪。彼が登場するときには照明の加減で虹《にじ》の七色に染まって見えることもある。この虹色がポイント。ハーリクインと呼ばれる道化師の定番のコスチュームはカラフルな幾何学模様なのだ。ハーリクインはもともとイタリア起源の道化師だが、コメディの主役や、後にはロマンスものの主役*を演じるようになったキャラクターだ。その名前と虹色に見える服により、読者の中で（サタスウェイトの中でも）クィンとハーリクインが重なる。ハーリクインはどこにでもいて、同時にとらえどころがない存在だが、それもまた

＊ミセス・オリヴァー
クリスティ自身をモデルにしたと言われる推理作家。『ひらいたトランプ』でポワロと出会い、『マギンティ夫人は死んだ』『ハロウィーン・パーティ』など長編八作に登場する。『蒼ざめた馬』ではミス・マープルものの『動く指』の登場人物と会う場面や、トミー&タペンスの『親指のうずき』に通じるエピソードもあり、ミセス・オリヴァーを介して主要シリーズキャラが（共演こそないものの）同じ世界線に揃うことになる。

＊ロマンスものの主役
ロマンス小説のレーベルとして有名なハーレクインはこれに由来する。ハーレクイン社の菱形のロゴは、道化師ハーリクインが着ていた衣装の柄から。

クィン氏と共通している。

クィンは謎を解かない。何らかの示唆《しさ》をサタスウェイトに与えるだけだ。けれどそれによりサタスウェイトは事件の真相に気づいていく。

彼らが出会う事件はすべて恋愛がらみで、クィンのキャラクターゆえに幻想風味も強い。大人向けの苦味をたたえた異色のシリーズである。

▼パーカー・パインを知る一冊

『パーカー・パインの事件簿』（一九三四）　※別題『パーカー・パイン登場』

パーカー・パインものの全作品、十四篇が収められている。

最初の六篇は「あなたは幸せですか？」という新聞広告を見てパイン氏のオフィスを訪れた人々に、パイン氏が綿密な計画と凝った芝居で幸せをもたらすという様式だ。

夫の浮気に悩む夫人が相談に来る「中年の妻の事件」でまずはお手並み披露。「無聊《ぶりよう》をかこつ少佐の事件」はずいぶんベタだなと思わせておいてからの意外な展開が楽しい。「悩めるレディの事件」は変化球。「不満な夫の事件」は第一話の裏返し。ところがそう思って読んでいくと背負い投げを喰らう。「ある会社員の事件」は、なけなしの五ポンドしか払えないという会社員に、パイン氏が思いがけない方法で応える。前半最後の「大富豪夫人の事件」では最も大掛かりな仕掛けが楽しめる。

『パーカー・パインの事件簿』
山田順子訳　二〇二一年　創元推理文庫

六篇を通して読んで気づくのは、パイン氏はお膳立てをするだけということだ。「悩めるレディの事件」だけは毛色が違うが、他はすべて、最終的に依頼人は自分で悩みを解決する。ちょっとしたきっかけで、ちょっとした発想の転換で、人は不幸から幸せへと転じることができるのだと、クリスティは本書で伝えている。特にクリスティ本人が最も好きと語っている「不満な夫の事件」と「大富豪夫人の事件」は、そのテーマがダイレクトに現れた作品だ。

このようなテーマの連作をこの時期のクリスティが手がけたのには理由がある。一九二六年、『アクロイド殺害事件』で一気にクリスティの名前が知られた年だが、プライベートの彼女はぼろぼろだった。大好きだった母が亡くなった上、夫のアーチーが浮気をして離婚を切り出してきたのだ。傷心のクリスティは失踪事件を起こし、大きなスキャンダルになってしまう。

しかしその後、クリスティは考古学者のマックス・マローワンと出会い、一九三〇年に再婚する。中東旅行や考古学という新たな趣味を見つけ、新たな伴侶とともに、新たな家で、生き直すことを決意したのだ。そして一九三二年、雑誌で《パーカー・パイン・シリーズ》の連載が始まった。新たな人生を歩き始めたクリスティが、不幸から幸福に転じるシリーズを書いたというのは、決して偶然ではないと私は考える。

しかもこの再婚が、パイン氏の第七話以降にもかかわってくる。第七話「ほしいものはすべて手に入れましたか?」から第十二話「デルフォイの神託」まで、物語のタイプはがらりと変わってギリシャや中東が舞台となる。中東旅行中のパイン氏が旅先で出会った事件を解決するという、幸せ仕掛け人ではなくストレートな探偵として活躍するのだ。この六作は雑誌掲載時、「パーカー・パインのアラビアンナイト」というシリーズタイトルがつけられていた。

パイン氏はまず、「ほしいものはすべて手に入れましたか?」で、シンプロン・オリエント急行に乗ってトルコのイスタンブールへ行く。続いて「バグダッドの門」でシリアのダマスカスからイラクのバグダッドに向かう。「シーラーズの館」はイランのテヘランからシーラーズ。「高価な真珠」はヨルダンのペトラ。そしてエジプトに渡って「ナイル河の死」でナイル下りを楽しむ。砂漠の砂煙が目の前に浮かんでくるような、旅情ミステリの作品群だ。そしてこれらの地域はすべて、クリスティとマローワンが新婚時代に旅をした場所ばかりなのである。

マローワンと再婚後、クリスティは『ナイルに死す』(一九三七)をはじめ中東を舞台にした作品を次々と刊行、後に彼女の代表作と呼ばれる作品も多い。そんなクリスティが初めて書いた中東ミステリ*が、実はこの『パーカー・パインの事件簿』なのだ。本書収録作は前半も後半も、クリスティの転機の象徴なのである。

なお、ラスト二篇*、「ポーレンサ入江の出来事」と「レガッタレースの日の謎」は、パイン氏の短編集 *Parker Pyne Investigates* が出たあとで雑誌や新聞に掲載されたもの。「レガッタレースの日の謎」は当初ポワロものとして執筆され、『十人の小さなインディアン』(論創海外ミステリ)に「ポワロとレガッ

＊初めて書いた中東ミステリ
厳密には短編「エジプト王の墳墓の事件」(『ポワロの事件簿1』所収)が最初だが、これは執筆当時話題になっていたファラオの呪いに着想を得たもので、後の一連の中東ミステリとは趣が異なる。が、埃っぽいエジプトに辟易するポワロの描写はとても楽しい。

＊ラスト二篇
創元推理文庫では二〇二〇年の新訳版で新たに追加され、全編が一冊にまとまった。

タの謎」として収録されている。

▼ハーリー・クィンを知る一冊

『ハーリー・クィンの事件簿』（一九三〇）　※別題『謎のクィン氏』

サタスウェイトが招かれたハウスパーティで、過去の事件の話題になった。その屋敷の前の持ち主ケイパルが、結婚を控えて幸せいっぱいの状況でありながら、突然銃で自殺したのだ。その死について議論していたとき、見知らぬ男が、車が故障して困っていると突然訪問してきた。

ハーリー・クィンと名乗ったその男はケイパルを知っているという。そしてクィンに尋ねられるままに、参加者は当時のことを思い出す。すると忘れていたことや見過ごしていたことに気づき始め……。

これが第一話「ミスター・クィン、登場」の導入部である。直接謎を解くわけでもない、それなのにすべてを見通しているかのようなクィンに誘導され、少しずつ事件に別の角度から光が当てられていく過程が読みどころ。以降、すべての収録作で、サタスウェイトが何らかの事件に出会い、するとなぜかそこにはどこからともなくクィンが登場し、会話を通してサタスウェイトが真相にたどり着くという様式をとっている。

このコンビが実に興味深い。「鈴と道化服亭にて」で、クィンに対しサタスウェイトが「あなたを魔術師だと思っているんですよ」と言ったとき、クィン

『ハーリー・クィンの事件簿』

山田順子訳　二〇二〇年　創元推理文庫

は「魔術のトリックを仕掛けるのは、あなたですよ。わたしではない」と返す。しかしサタスウェイトは言うのだ。「しかし、あなたがいらっしゃらなければ、そうはいきません」

第六話「海から来た男」の中で、サタスウェイトは「触媒による作用」という言葉を使う。「それ自体は変化しない物質を介在させることによって達成される化学変化」と説明し、クィンのことを「触媒作用ということばでいいあらわすには、まさにうってつけの人物」だと。

これはクィンの立場をそのものずばり表した言葉だが、彼によって引き起こされた化学反応は個別の事件の解明だけにとどまらないというのがポイントだ。シリーズを通して読むことで、サタスウェイト自身も明らかに変化していくのがわかるのだ。その変化が明確に現れるのが、この「海から来た男」である。

最初は傍観者だった。舞台の外から、他人のドラマを眺めているだけだった。しかしクィンと出会ったあとの彼は、少しずつ自らも舞台に上がり始める。傍観者から参加者へ。観客から役者へ。そして主役へ。話が進むにつれ、クィンの誘導は次第に少なくなり、代わりにサタスウェイト自身が〝クィンならこうする〟と考えて動くようになる。これは人生の傍観者だった六十代の男が、自らの人生を捉え直す物語でもあるのだ。

さて、ではこの謎めいたクィンとはいったい何者なのか？　最初の数篇は、たまたまサタスウェイトと出会って事件解決のヒントをくれる名探偵、というふうに見える。しかしどうもおかしいぞ、と読者が感じるのが前述の「海から

◆**トリビア**
収録作のひとつで使われたアリバイ崩しの仕掛けが、長編『満潮に乗って』で再利用されている。

来た男」だ。もしかしてクィンは人間ではないのでは？　と思わせる描写が登場するのである。そしてその謎を孕《はら》んだまま、終盤の「世界の果て」「ハーリクィンの小径」へとつながっていく。

なお、本書に収録された以外に、クィンが登場する短編に「恋愛を探偵する」（『二十四羽の黒ツグミ』所収）と「クィン氏のティー・セット」（『マン島の黄金』所収）がある。また、ポワロものの長編『三幕の悲劇』（一九三四・※別題『三幕の殺人』）には、サタスウェイトが登場している。併《あわ》せてお読みいただきたい。

第2章　舞台と時代で読む

1　古き良きメイヘム・パーヴァ

メイヘム・パーヴァ（Mayhem Parva）――Mayhem は大混乱・大騒ぎ、Parva はラテン語の〝小さい〟という意味から転じて村の名前などにつけられることが多い単語だ。意訳するなら〝大騒ぎの村〟といったところか。

これは作家・批評家のコリン・ワトスンが、クリスティの作品を指して名付けた*ミステリのジャンルである。

どこにでもある田舎町や田園地帯が舞台。階級色が強く、地主がいて教会があって小さな商店があって、診療所には田舎医者がいて、カントリーハウスの使用人たちはおしゃべりに興じ、偏屈な老人や噂好きの中年女性がいて、お茶を飲んだり庭いじりをしたり、若者は恋をして、人々は村の飲み屋に集まってゴシップに花を咲かせて――という、古き良きイギリスの典型的な小さなコミュニティだ。つまり、お馴染みの生活が営まれているありふれた共同体である。

もちろん、イギリス田園地帯の小さなコミュニティを舞台とした作品はそれ以前からあった。たとえば前章でも紹介した（そしてクリスティが大好きだった）ディケンズの『荒涼館』がそうだし、シャーロック・ホームズにも田園地帯の小事件は登場する。だが、それを居心地のいい舞台としてしつらえ、ミス

＊コリン・ワトスンが〜名付けた
出典は *Snobbery with Violence*（一九七一）。一九二〇年代のミステリから戦後のジェームズ・ボンドまでを扱った犯罪小説評論集。

ィだった。
テリのひとつのジャンルとして確立・牽引《けんいん》したのは、まごうかたなきクリステ

メイヘム・パーヴァの大きな特徴は、社会情勢や政治が物語に持ち込まれないという点にある。さらにこの世界には過剰な暴力や残虐性、露骨な性描写などが登場しない。気持ち良く読める、居心地のいい世界。生活感があって、ユーモアがあって、もちろんロマンスなんかもあって。ご近所トラブルはしょっちゅうだけど、それも住民たちが楽しむゴシップのひとつ。

つまりは〝普通〟の世界なのだが、あまりに様式化されているので逆にリアリティがないようにも思えるし、社会の闇を抉《えぐ》るハードボイルドやノワールと対極にあるこの世界観をなまぬるいと感じる読者もいるだろう。

だが、そんな〝メイヘム・パーヴァもの〟が一九二〇年代から三〇年代にかけて大流行したのだ。なぜなら、コリン・ワトスンの言葉を借りればメイヘム・パーヴァとは「現在に姿を留める過去の国――サラエヴォで一発の銃声が響いた瞬間に色あせはじめた風俗や習慣を、いつまでも留めている国*」だから。第一次世界大戦によって奪われてしまった平穏な社会が、このメイヘム・パーヴァには息づいているのである。

戦争や戦後不況でリアルな社会がどんどん辛くなっていった。人々は社会とか政治とかにうんざりしていた。だから戦間期に、現実の社会や政治から隔絶された、古き良き人間らしい穏やかな生活がいとなまれる場所への憧れが噴出したのである。

＊現在に姿を～留めている国
出典は"The Message of Mayhem Parva"（一九七七）。宮脇孝雄訳「ノスタルジーの王国」としてH・R・F・キーティング編『新版アガサ・クリスティー読本』（早川書房）に所収。

そういう〝あたりまえの日常〟が、殺人という非日常によって脅《おびや》かされる。その対比の面白さ。だから探偵が謎を解いて日常を取り戻す。その秩序の安心感。それこそがメイヘム・パーヴァの魅力だ。

これは戦間期に限らない。このジャンルは現在もコージー・ミステリという名前で続いている。現在のコージーはメイヘム・パーヴァに比べれば舞台もモチーフもかなり拡散したが、〝あたりまえの日常への回帰〟というベースは変わらない。

クリスティの長編は半分以上がこのメイヘム・パーヴァを舞台にしているが、十年一日のごときノスタルジックな風景だけに甘んじているわけではないことに注目願いたい。デビュー作『スタイルズ荘の怪事件』ではカントリーハウスが健在である一方、戦時中の生活が色濃く描写されているし、後で紹介する『予告殺人』（一九五〇）や『鏡は横にひび割れて』（一九六二）ではメイヘム・パーヴァも戦後の新興住宅地の開発と無縁ではない様子が綴《つづ》られる。そういった時代の背景を取り入れながらも、それでもクリスティ作品の登場人物たちは、教会へ行き、お茶を飲み、ゴシップを楽しむ。

変わりゆく時代の中にあって変わらずにいるもの——それがメイヘム・パーヴァなのだ。

この項では特に、メイヘム・パーヴァというジャンルを確立させた二作を紹介する。

▼メイヘム・パーヴァを知る二冊

『アクロイド殺害事件』（一九二六）※別題『アクロイド殺し』

イギリスの田舎町キングス・アボットで、資産家のアクロイド氏との再婚が噂されていたフェラーズ夫人が亡くなった。その夜、医師のシェパードはアクロイド氏から相談をもちかけられる。フェラーズ夫人は夫を殺したとして脅迫されていたらしいというのだ。

ところがそのアクロイド氏が何者かに殺されてしまう。疑われたのは彼の義理の息子、ラルフだった。アクロイド氏の姪《めい》でラルフの婚約者でもあるフロラは、探偵業を引退してキングス・アボットに引っ越してきていたエルキュール・ポワロに助けを求めた――。

その大胆にして衝撃的なトリック*で、ミステリ史上に燦然《さんぜん》と輝く有名な作品である。刊行当時、読者はもとより作家や評論家まで巻き込んで、このトリックがフェアか否かの論争が巻き起こった。クリスティの名が一躍《いちやく》知れ渡った大出世作だ。

現在では似たような仕掛けの、あるいはこれをさらに捻《ひね》ったミステリが多く刊行されているが、その源流が本書なのである。この作品の誕生は、現代に至るまでの本格ミステリのありように大きく寄与した、エポック・メイキングな出来事だったのだ。

『アクロイド殺害事件』

大久保康雄訳　一九五九年（改版二〇〇四年）創元推理文庫

＊衝撃的なトリック　このトリックは義兄のアイディアと、読者である後の海軍元帥マウントバッテン伯爵からの手紙による提案がもとになっている。四十五年後、その話を信じない娘に証明したいと伯爵に頼まれ、クリスティは経緯を説明した礼状付きのサイン本を献呈した。

フェアかアンフェアかについては、これはもうフェアと言うしかない。嘘はひとつも書かれていないし、大小の手がかりも充分に提示されている。* アンフェアどころか、むしろ〝こんなにあからさまに書いてあるじゃないか！〟と驚くレベルで正直かつ親切なのだから。

ではなぜそのあからさまな描写に、初読のときは気づけないのか。それは決して犯人の意外性だけにあるのではない。クリスティは細心の注意を払って、そのあからさまなヒントに読者が簡単には気づけないような工夫をしている。特に際立っているのが、言葉の使い方の巧さである。真相がわかったあとで小説を最初から読み返すと、同じ文章なのに、初読のときとはまったく違った光景が浮かび上がることに驚くはずだ。同じ言葉なのに、意味が変わる。そういう語りのテクニック——騙《かた》りのテクニックが抜群なのである。

本書を読んだときにまず驚くのは、ポワロが探偵を引退しているという事実*だろう。併《あわ》せて語り手がヘイスティングズではないということも読者を戸惑わせる。もちろんここにもちゃんと意味があるわけだが、それはそれとして、キングス・アボットがのんびり庭仕事を楽しめる隠居生活の場所として選ばれた土地であるという点に注目願いたい。それこそがメイヘム・パーヴァだ。住民すべてが顔馴染みの村で起きた事件を、外からやってきたポワロが解き明かす。ポワロは〝どこにでもある村〟に入り込んだ異物であり、外側からメイヘム・パーヴァを見つめることができる存在として描かれるのである。

ここには戦争の不安も不景気の影響もない。登場人物は顔馴染みばかりだ。

＊大小の手がかりも充分に提示されている
ピエール・バイヤールは作中の手がかりから、『アクロイドを殺したのはだれか』（筑摩書房）の中で別の人物が真犯人であると指摘している。

＊探偵を引退している
出版順が前後したが、先に執筆された『謎のビッグ・フォア』（※別題『ビッグ4』）の最後で、ポワロが探偵を引退してカボチャ作りに励むと宣言する場面がある。

けれど決して楽園ではない。住人たちにはそれぞれ隠し事があり、思惑があり、欲がある。それが事件をさらに複雑なものにする。社会と切り離されているからこそ、そんな〝人の営み〟が物語を動かす。誰かを好きになったり、何かを欲しいと思ったりするのは、今も昔も変わらない。加えて本書のトリックがもたらす〝やられた、騙《だま》された〟という快感もまた、時代や国を問わない。
だからクリスティの物語は古びないのである。

『ミス・マープル最初の事件　牧師館の殺人』（一九三〇）　※別題『牧師館の殺人』

セント・メアリ・ミード村の牧師館で、外出中の牧師を待っていたプロザロー大佐が射殺された。敵の多い人物だったが、まもなく牧師館の離れにアトリエを構える画家のローレンスが自首。ローレンスは動機については何も語らなかったものの、牧師はローレンスとプロザロー夫人の不倫関係を知っていたので、心の中で納得する。

しかしその話を聞いたミス・マープルは「彼は何もしていない」と言う。実際、医師の検視結果から見ても、ローレンスを犯人とするには矛盾があったのだ。そして新たに別の人物が、自分がやったと打ち明けて――。

ミス・マープルの長編第一作である。語り手は牧師だが、のっけから妻やメイドへの不満が語られたり、うるさ方のプロザロー大佐の扱いに困ったり、入

『ミス・マープル最初の事件　牧師館の殺人』

山田順子訳　二〇二二年　創元推理文庫

れ替わり立ち替わり牧師館を訪れる人々の一方的なお喋《しゃべ》りに翻弄《ほんろう》されたりする様子が綴られ、小さな村で牧師を務めるたいへんさに思わず笑ってしまう。が、そんな日常の描写を通して、ほんの二章かそこらで主な村人の評判やゴシップ、権力の勾配などが読者にすっかり伝わるのだから、さすがだ。

ミステリの構造としてはフーダニットであり、特にアリバイ崩しがキモとなる。が、それ以上に本書で光るのは心理的ミスディレクションの巧みさだ。〝この人物が怪しいのでは〟と読者が感じるように、クリスティは丹念に餌《えさ》を撒《ま》いていく。さらに、マープルが「プロザロー大佐をこの世から消してしまいたいひとは、少なくとも七人はいます」と言うように、容疑者が多々登場するのも巧妙なめくらましになっている。クリスティは自伝で、本書は登場人物も脇筋も多すぎたと反省している*が、登場人物たちそれぞれが抱えている秘密や脇筋の内容もまた、事件の真相を見えにくくするめくらましの役目を果たしているのだ。ミステリの魅力が意外な犯人、意外な真相にあるとするならば、この物語は全編、それを演出するための仕掛けに満ちているのである。

というような作中のめくらましに加え、もっと大きなめくらましが本書に仕掛けられていると私は考える。それは四年前に刊行された『アクロイド殺害事件』との類似だ。

この二作には共通点が多い。どちらもメイヘム・パーヴァものであることはもちろん、被害者が敵の多い村の名士であること、語り手が医者や牧師といった村の信頼を集める立場の人物であること、登場人物が皆それぞれ秘密を抱え

＊反省している
これは後になって作品を読み返したときの感想で、書いていた当時のことはまったく覚えていないと自伝で語っている。マローワンと再婚したばかりで環境が大きく変わり、公私ともに忙しかった時期だ。

ており、それが事態をややこしくしていること、噂好きの人物が情報をもたらすこと、若者の恋愛がからんでくること、使用人が果たす役割、などなど。ミステリを構成する要素がそっくりなのだ。

『アクロイド殺害事件』はクリスティの大出世作であり、それから四年経ったとはいえ、一九二九年には舞台化もされた。その間に『アクロイド殺害事件』を超える話題作が出なかったこともあり、世間の印象は〝アクロイドのクリスティ〟だった。そこにこの、そっくりの物語である。この二作を続けて読んでみていただきたい。〝あのパターン〟を想像せずにはいられないだろう。そして実際、そう思って読めば〝あのパターン〟を想起させるような微妙な表現が多々仕込まれていることに気づくはずだ。

他の作品をめくらましに利用するという、作品を跨《また》いで仕掛けられた騙し。これが本書の最大のミスディレクションである。メイヘム・パーヴァものは高度に様式化された世界で、人間関係も生活習慣もワンパターンになりやすい。クリスティはそれを逆手《さかて》にとったのだ。しかも探偵を変えて。

ポワロがキングス・アボットを余所者として外から見たのに対し、マープル*はセント・メアリ・ミード村の中の人である。村の中で彼女がどんな位置にあるか、人にどう思われているかが本書では大きな鍵になる。ミステリの構成要素はほぼ同じなのに、探偵が外の人か中の人かによってアプローチが変わる。そういう意味でも、ぜひこの二冊はセットでお読みいただきたい。

＊マープル
マープルもののドラマはBBCとITVがそれぞれ制作しているが、そのどちらも、いろんな面でマープル頼みが過ぎる・偶然に頼り過ぎるというこの小説の欠点をうまく修正している。

2　ヒット作の鉱脈、中東ミステリ

クリスティが自ら「わたしの人生で思い出すのもいやな年」と言った一九二六年。母を亡くし、夫から離婚を切り出され、失踪事件を起こした年である。当時のイギリスの制度は離婚に関してとても厳しく、結局離婚が成立するまでに二年を要した。

夫と別れ、娘を抱えたクリスティは、職業作家としてやっていく決意をする。* それまでは多分に趣味の色合いが強かった。なんせ税務署から小説の収入について聞かれ、あれは仕事じゃないのよと答えたくらいである。それはなんぼなんでも通らないだろう。

グエン・ロビンス『アガサ・クリスティの秘密』（東京創元社）によれば、この離婚でクリスティはペンネームの改名を申し出たという。そりゃそうだ、辛い思い出のまとわりつく前夫の姓など名乗りたくないだろう。しかしすでにその名前で作家として認知されているという理由で版元は改名を認めなかった。結果、今も（この本でも）クリスティと読んでいるわけで、なんだか申し訳ない……。

とまれ、生き直さなくてはならない。一九二八年秋、クリスティはリフレッ

＊職業作家としてやっていく決意をする
精神的にどん底だったこの時期の作品は、雑誌連載をまとめた『謎のビッグ・フォア』と、短編「プリマス急行」（『ポワロの事件簿2』所収）を長編に仕立て直した『青列車の謎』の二作。特に前夫との旅行の思い出があるブルートレインを舞台にした『青列車の謎』については、「いまいましい作品」「おもしろくない」と嫌っていた（が、売れた）。

シュのため旅行を計画した。かねて行ってみたかった西インド諸島である。ところが出発二日前、招かれた夕食の席で出会ったハウ海軍中佐夫妻から「バグダッドはいいところですよ、オリエント急行で行けますよ」という話を聞く。鉄道好きのクリスティは急遽《きゅうきょ》予定を変更し、オリエント急行に乗った。

ハウ夫妻、ありがとう！　なんというグッジョブ！　ここでクリスティが予定通り西インド諸島に行っていたならその後のクリスティもその作品群も生まれなかったかもしれないと思うと、ハウ夫妻に百万回のいいねを送りたい気持ちだ。

今のイラクにある初期メソポタミア文明の遺跡、ウルを見物に訪れた際、クリスティは後に親友となるウーリー発掘調査隊の隊長夫人、キャサリン・ウーリーと出会う。キャサリンが『アクロイド殺害事件』のファンだったのがきっかけだそうだ。

ウーリー隊の仕事を目の当たりにし、さまざまな文化に触れたクリスティはすっかり中東と考古学のとりこになった。もともと若い頃に母の静養に同行してカイロで暮らした時期があったし、旧約聖書のエジプトの話も好きだったそうで、下地はあったのだ。

そして一九三〇年、再びウルのウーリー隊を訪問したクリスティが出会ったのが若き考古学者、マックス・マローワンである。クリスティの案内係を務めたのをきっかけに、ふたりは急速に親しくなる。そして同年、クリスティはマローワン夫人*となり、夫の発掘調査の手助けをするようになるのだ。夫との旅

***マローワン夫人**
マローワンはクリスティより十四歳年下だったがこれを気にしていたらしく、結婚証明書ではそれぞれがサバを読み、クリスティは三歳若く、マローワンは五歳上乗せした年齢で申告した。

行の経験をもとに中東ミステリの執筆を手がけるとともに、メアリ・ウェストマコット名義で半自伝的性格を持つ『未完の肖像』（一九三四）を刊行。過去に区切りをつけたと言っていいだろう。

もうひとつ、ここで知っておいていただきたいのが、当時のイギリスと中東の関係だ。第一次大戦前から、中東の多くのエリアはヨーロッパ各国の植民地だった。今のイラクからヨルダン、パレスチナ、エジプト、スーダンに至るまでの広い範囲がイギリス領*で、その一部は第一次大戦後に書類上の独立を果たしたものの、実質的にはイギリス統治下にあるような状況が続いたのである。つまり当時のイギリスの人々にとってこの地域は、とても旅行しやすいリゾート地だったのだ。おおげさな海外旅行ではなく、冬の寒いヨーロッパから逃れ、お手軽に異国情緒を味わえる。ホテルも観光産業もイギリスの資本と文化が入っていて過ごしやすいし、イギリス軍も駐留しているし、イギリス人のコミュニティもあった。読者の立場からしても、中東ものは馴染みのある観光地が舞台の旅情ミステリだったのである。

その分、現地の人との間には決定的な格差があった。クリスティは当時のイギリス人の目で中東を描いているので、作中の現地の人たちに対するイギリス人の態度はとてもリアルなものだと考えていい。そんな時代背景を知れるのもまた、中東ミステリの魅力なのだ。

＊広い範囲がイギリス領
十九世紀末のアフリカ分割（という表現もひどいが）で縦断政策をとったイギリスは、現在の南アフリカ共和国やジンバブエなども植民地にしていた。それらの場所を舞台にしたのが『茶色の服を着た男』。

▼中東ミステリを味わう二冊

『殺人は癖になる』（一九三六）　※別題『メソポタミヤの殺人』

看護婦のエイミーは、バグダッド近郊の遺跡*で作業中の考古学者レイドナーから、精神的に不安定な彼の妻ルイーズの付き添いを依頼された。どうやらルイーズのもとに、戦死したはずの前夫の名前で、彼女の再婚を責める脅迫状が送られてくるらしい。ルイーズを殺す、と書かれたその手紙は、届くたびに差出人が近くまで迫っていることを示していた。

そしてついにルイーズが自室で、撲殺死体となって発見された。状況から犯人は発掘隊の中にいるとしか思えない。たまたま近くに滞在していたポワロが調査に乗り出した——。

ミステリとしてはふたつの要素がある。ひとつは密室。そしてもうひとつは脅迫状の差出人の正体である。こちらは密室の謎が解ければある程度絞れるようになっており、謎解きという点で穴がないわけではない。だがその正体がわかるくだりが本書のクライマックスだ。密室が謎解きの要《かなめ》なら、差出人の正体は物語の要と言っていい。

もともとクリスティは、決してトリックメイカーではない。伏線の仕込み方や読者に対するミスディレクション、言葉による騙りなどがクリスティの真骨頂であり、このように密室トリックを中心に据えた作品は珍しい部類に入る。

『殺人は癖になる』

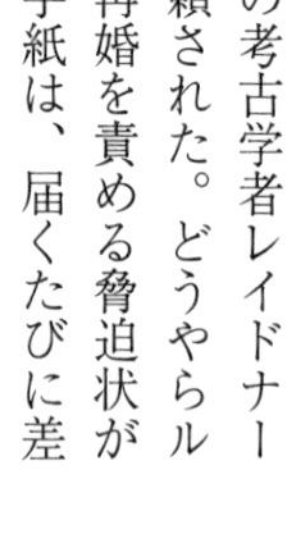

厚木淳訳　一九七八年（改版二〇〇三年）創元推理文庫

＊バグダッド近郊の遺跡
デビッド・スーシェ版ドラマはチュニジアで撮影が行われたが、腹に詰め物をしているスーシェが暑さのため参ってしまい、撮影はおもに朝と夕方に行われた。ドラマをよく見ると総じて影が長いことに気づくはず。

そんな作品が一九三六年に出されたというのが面白い。ちょうどクリスティが本書を書いていた一九三五年、密室講義で有名なジョン・ディクスン・カーの『三つの棺』が刊行されている。そして本書のトリックはまさにカーを彷彿《ほうふつ》とさせるような類《たぐい》のものなのだ。また、クリスティが好んで読んだ先輩作家にG・K・チェスタトンがいるが、チェスタトンにもまた、本書を連想するようなトリックの作品がある。この作品は尊敬する先輩チェスタトンと同時代を牽引《けんいん》する同志であるカーへの、親しみを込めたメッセージなのでは？　もちろん私の想像に過ぎないが、そう考えると楽しくなるではないか。

だが、そんなミステリとしての読みどころよりも、本書の根幹は〝クリスティが楽しんで書いた身内ネタ〟という部分にある。クリスティ自身の体験が色濃く出ているのだ。

ルイーズは、クリスティの親友であるウーリー発掘調査隊隊長夫人、キャサリン・ウーリーがモデルだ。キャサリンもかなり強烈な〝魔性の女〟で周囲を振り回すタイプ。彼女に会った半分は彼女に魅入られ、残りの半分は激しい憎しみを抱いたとクリスティは語っている。しかもルイーズ同様、前の結婚が不幸に終わって考古学者と再婚した人物なのだ（それはクリスティも同じなのだが）。クリスティの自伝と併せて読めば、このルイーズってキャサリンじゃん！　とすぐにわかる描写がてんこもりで、おまけに結末がこれである。友情は大丈夫だったんだろうか。

キャサリンだけではなく、舞台となった宿舎の構造もウル遺跡発掘隊の宿舎を流用しているし、調査隊の他の面々もモデルになっているとのこと。中には嫌がる人もいたらしい。クリスティもなんでもそのまま書けばいいってもんじゃなかろうに。

つまりそれほど、クリスティはこの調査隊が好きだったのだ。中東の遺跡発掘作業という新しい趣味が楽しい。新しい仲間ができたのが嬉しい。そんなはしゃいだ思いがたっぷりこもった、稚気《ちき》に溢《あふ》れた一冊*なのである。

『ナイルに死す』（一九三七）

富豪の娘、リネットのところに、友人のジャクリーヌがやってきた。恋人のサイモンが失業中なので仕事を世話してもらえないかというのだ。サイモンはとても魅力的な男性で、リネットは彼を雇った後、そのままジャクリーヌから奪うような形で結婚してしまう。

リネットとサイモンはエジプトに新婚旅行に出かけたが、そこにはふたりにつきまとうジャクリーヌがいた。苛立《いらだ》ったリネットは、エジプト旅行中だったポワロに彼女の説得を依頼する。しかしジャクリーヌは聞く耳を持たず、拳銃をちらつかせながらリネットを撃ちたいとまで言い出した。ジャクリーヌから逃げるようにナイル川クルーズの観光船に乗り込んだ新婚夫婦だったが、ここにもジャクリーヌが追ってくる。そしてついに発砲事件が起き、リネットの死体が——。

＊稚気に溢れた一冊
紹介しておいて身も蓋もないことを言うが、本書の魅力は当時のクリスティがよく表れているという点であって、ミステリとしては穴も多く決して良い出来ではない。中東ものなら『死との約束』（一九三八）の方が謎解きとしてはオススメ。

『ナイルに死す』

黒原敏行訳　二〇二〇年　クリスティー文庫

何度も映像化された*、クリスティの代表作のひとつである。砂漠と大河という雄大な自然、エジプト文明という壮大な歴史の光景、エキゾチックな異国情緒、その中を進むラグジュアリーな観光船……そりゃ映像化したくなるってもんだ。

本書の最大の特徴は、ナイル川旅情ミステリであるという点だ。登場するホテルも遺跡もすべて実在のもの。事件が起きる船だけは名前を変えてあるが、構造は実在の観光船をそのまま使っている。登場人物が集《つど》うカタラクト・ホテル（現存するホテルで、アガサ・クリスティ・ルームなる特別室がある）に始まり、アスワン・ダム（現在はハイ・ダムができて川の形状が変わった）やエル・セブア寺院、アブ・シンベル神殿、国境に位置する町ワディ・ハルファ。すべて本当にある場所ばかりだ。

その結果、可能になったことがある。聖地巡礼だ。イギリス人にとって中東が行きやすい観光地だったのは前述の通り。ファンはポワロと同じルートを辿《たど》り、同じものを見て、なんならこのトリックが可能かどうか*の実験だってできる（迷惑なのでやめたほうがいい）。そんな楽しみ方を本書は読者に提供したのである。

お気づきだろうか。事件が起きるのは物語の半分あたり。途上の観光地をすべてめぐるまで事件は起きないのである。読者はまず、登場人物たちと一緒にナイル川の旅情をたっぷり堪能できる構成になっているのだ。

もちろん、ただの旅行ガイドではない。落石だとかジャクリーヌのストーキ

＊何度も映像化された
映像化は一九七八年のピーター・ユスチノフ版映画、二〇〇四年のデビッド・スーシェ版ドラマ、二〇二二年のケネス・ブラナー版映画の三作。スーシェ版は細かい改変はあるものの基本的に原作に忠実、ユスチノフ版は乗客全員に動機があるという設定に変更した。最も大きな改変はブラナー版。愛をテーマに据えたことで原作にはない恋愛関係を複数加えたのみならず、原作とは被害者が違っている。さらにポワロにも独自の過去が与えられた。

＊このトリックが可能かどうか
クリスティー文庫版では二〇二〇年に新訳版（黒原敏行訳）が出るまで、トリックにかかわる重要な言葉の訳に間違いがあった。翻訳者がクリスティの騙しに引っかかってしまった好例だ。

ングだとかリネットの財産管理人の妙な動きだとかの不穏な要素は数々ある。本書の前半はリネットとジャクリーヌ、サイモンの三角関係が中心だが、そのメロドラマの中に謎解きに必要な情報の大部分が隠されていたりもするわけで、まったく油断できない。

三角関係はクリスティが好んで用いたモチーフだが、本書が面白いのは、読者の感情移入先を翻弄することだ。金にあかせて恋人を奪ったリネットは悪者で、読者ははじめジャクリーヌに同情する。しかし彼女の度を超えたストーキングのせいで、その同情はリネットへ移る。ていうかサイモンがしっかりしろよ。……と、読者の気持ちをコロコロ転がすことで、このミステリは思わぬ効果を上げるのである。

ポワロの推理方法にも注目願いたい。この物語は船という閉鎖空間のわりには登場人物が多く、またそのひとりひとりが怪しい動きをする。その中から必要な情報をどう探し出すか、どう結びつけるか。ポワロは、エジプトならでは、遺跡の国ならではの方法で真相にたどり着くのだ。

物語の半ばまで事件が起きないのは、エジプトの遺跡をしっかり描写したかったという理由もあったのではないかと私は考える。ウーリー発掘調査隊で作業を目の当たりにし、さらに夫の仕事を見てきたクリスティ。考古学者たちの地道な努力のおかげで、これらの観光資源が蘇《よみがえ》った。その手法を推理に取り入れることで、考古学の素晴らしさや面白さを読者に伝えようとしたのではないだろうか。この作品には、考古学者に対するクリスティの敬意が込められて

◆トリビア
ポワロはワディ・ハルファで英国情報部員のレイス大佐と再会する。二人が出会ったのは『ひらいたトランプ』の一件。ジャップ警部やバトル警視をエジプトに連れ出すのは大変だが、レイス大佐ならそれができる。『ひらいたトランプ』でのシリーズのクロスオーバーは、後の作品にかなり活かされているのだ。

いるような気がしてならない。

なお、ひとつだけ補足。贅沢《ぜいたく》なナイル川クルーズが舞台ではあるが、本書の背景には世界恐慌の余波がある。サイモンの失業も、リネットの財産管理人のドタバタも、若者が社会主義に影響されるのも、そこに根がある。本書には戦間期の光と影が同居しているのである。

3 動く殺人現場――旅と乗り物

メイヘム・パーヴァをこよなく愛したクリスティだが、もうひとつ、彼女の大きな柱に旅を舞台とした作品群がある。クリスティ自身が旅行好きで、しかも実体験から小説の着想を得ることの多い作家だから、旅ミステリが多くなるのもあたりまえだ。

前項の中東のみならず、生涯を通じて多くの旅を体験したクリスティ。その中で最も大掛かりだったのは一九二三年の年末に出発した世界一周旅行だ*。間近に控えた大英帝国博覧会のため植民地や自治領を回って参加を促す使節団に、夫のアーチーともども参加したのである。

南アフリカからオセアニアに向かい、ハワイを経由してカナダへ。ほぼ一年をかけた船旅の経験は、クリスティの長編四作目『茶色の服を着た男』*（一九二四・※別題『茶色の服の男』）に生かされた。物語は、職探し中の娘・アンがロンドンの地下鉄で変死事件を目撃するところから始まる。好奇心にかられたアンは父の遺産を投じて、謎を追うため南アフリカ行きの客船に乗った。物語の前半は船上、後半は南アフリカでの冒険譚だ。冒険小説ではあるが後の『アクロイド殺害事件』につながるような試みもなされているので要チェック。

＊世界一周旅行
ほぼ一年をかけた旅行から戻ったとき、夫アーチーの席が会社になかったという。そりゃそうだ。むしろなぜ復帰できると思ってたんだろう。

＊『茶色の服を来た男』
世界一周旅行のリーダーから「自分を犯人にして小説を書いて欲しい」としつこく迫られたという。作家あるある。ちなみに構想時のタイトルは『ミルハウスの怪事件』で、そのリーダーの邸宅の名前を使っている。

鉄道がからむ作品も多い。本稿で紹介する『オリエント急行の殺人』（一九三四）が代表格だが、他に豪華寝台列車を舞台にした『青列車の謎*』（一九二八・※別題『青列車の秘密』）がある。アーチーとの離婚で消耗していた時期の作品で、本人も認めているように決して出来は良くない。ただ、ラストで失恋した女性をポワロがなぐさめるくだりが印象的だ。

また、列車から目撃した殺人事件が発端となる『パディントン発4時50分*』（一九五七）、死体の側に鉄道時刻表が置かれるという連続殺人を描いた『ＡＢＣ殺人事件』（一九三六）も鉄道ものに入れていいだろう。

飛行機も殺人の舞台となる。『大空の死』（一九三五・※別題『雲をつかむ死』）はパリからロンドンへ向かう旅客機の中で起きた、空中での密室殺人である。一方、ミス・マープルものの『復讐の女神』（一九七一）はロンドン近郊バスツアーが舞台。客船に鉄道に飛行機にバスにと、目新しい交通機関が出ると作品に取り入れるあたり、ちょっと西村京太郎《にしむらきょうたろう》風味を感じないでもない。

これらは乗り物の話だが、もちろん一連の中東ミステリのように旅先が舞台となるものも多い。セント・メアリ・ミード村の印象の強いマープルも、前記のバスツアーの前には西インド諸島のリゾートアイランドで静養しているし（後述）、『バートラム・ホテルにて』ではロンドンの格調高いホテルを楽しんでいる。ポワロは『ゴルフ場の殺人』（一九二三・※別題『ゴルフ場殺人事件』）でパリのリゾート地にあるゴルフ場を、『白昼の悪魔』（一九四一）でデヴォン州の小島にあるリゾートホテルを訪れる。

＊『青列車の謎』
短編「プリマス急行」を長編に膨らませた作品。メインのトリックは同じものが使われている。

＊『パディントン発4時50分』
一九六一年にマーガレット・ラザフォード主演で映画化された。小説の刊行から四年後の映画なので、登場するパディントン駅や列車内の様子などは小説が書かれたそのままの時代のものを見ることができる。
なお、映画の原題はMurder, She Said、邦題は「夜行特急の殺人」……夜行じゃなくない？

　総じて、なぜその場所なのかという理由づけや、その場所だからこその仕掛けが生きている作品は良作だ。そしてどんな場所を舞台にするか、どんな乗り物を登場させるかが、そのまま時代を表していることも興味深い。ここではヨーロッパを横断するオリエント急行とカリブ海のリゾートアイランドを取り上げるが、前者はヨーロッパの火薬庫と呼ばれ、治安が悪く警察が当てにできない時代のユーゴスラビア、後者は戦後のリゾート開発と海外旅行がひろく庶民にまで行き渡った時代が背景にある。

▼旅と乗り物を味わう二冊

『オリエント急行の殺人』（一九三四）
　トルコ、イスタンブール発フランス、カレー行きオリエント急行の寝台列車は、冬というシーズンオフにもかかわらず満室だった。旧知の鉄道会社重役の気遣いで一室を与えられたポワロだったが、列車はユーゴスラビアで積雪のため立ち往生してしまう。そしてその翌朝、個室に泊まる富豪が無惨《むざん》な刺殺体となって発見された。犯人は外に逃げたのか、それとも乗客たちの中にいるのか？　ポワロは乗客ひとりひとりに話を聞くが、全員にアリバイがあって……。『アクロイド殺害事件』と双璧をなす伝説的な大仕掛けの一作である。
　だが、物語には意外なほどケレンがない。乗客の事情聴取が始まってからの展開が、めちゃくちゃスピーディなのだ。どんどん情報が出てくる。えっ、え

『オリエント急行の殺人』
長沼弘毅訳　一九五九年（改版二〇〇三年）　創元推理文庫

っ、と驚いているうちに話がぐいぐいと進んでいくのである。乗客たちは全員怪しいのに、アリバイは崩れない。驚くような新事実は次々出てくるのに、誰が犯人という決め手にはならない。そうこうしているうちに予想もしなかった方角からいきなり大仕掛けの真相が飛んでくる。真相を知ってから読み直すと、犯人（と作者）がかなり綱渡りをしていた*ことに気づくだろう。

　クリスティが本書の構想を得た三つの出来事がある。ひとつは一九二九年、実際にオリエント急行が雪で立ち往生したという事実。ふたつめは一九三一年、大雨でやはり立ち往生したオリエント急行にクリスティが乗車していたという実体験。このときの乗客には、娘の話ばかりする中年女性や、無口な北欧の女性宣教師、愉快なイタリア人などがいて、鉄道会社の重役が事態の収拾に当たったという。それらをちゃっかり作品に使っており、ケガの功名というか転んでもタダでは起きないというか。

　そして三つめはこの当時にアメリカで起きた幼児誘拐事件である。大西洋無着陸単独飛行で有名になったリンドバーグ氏の一歳の息子が誘拐され、遺体で見つかるという痛ましい事件があった。作中で語られる誘拐事件は、誰が読んでもはっかりわかるほどあからさまに、この事件をモデルにしている。

　なぜ現実の事件を使ったのか。本書のテーマが〝正義とは何か〟にあるからだ。世界中に波紋を投げかけた有名な事件を使うことで、読者は作中のできごとをリアルに受け止める。大掛かりなトリックに目を奪われがちだが、本書のキモは最後にポワロが向き合った選択にある。これは読者に向けて、どちらの

***犯人（と作者）がかなり綱渡りをしていた**
三谷幸喜脚本による翻案ドラマ「オリエント急行殺人事件」（二〇一五年、フジテレビ）では二部構成をとり、第二部では犯人側から見た犯罪計画と当日の様子が描かれた。その中である人物がこの計画を日本の有名な歴史上の事件に喩える場面がある。まさに的を射た喩えだった。

道を選ぶべきか、どちらが正義なのか、という問いを突きつけているのだ。これまで何度も映像化された作品だが、この選択に向き合うポワロがどう演じられているか見比べていただきたい。本書のクライマックスは謎解きではなく、その葛藤にこそある。

ところで本書には、オリエント急行*という舞台を用意しながら旅情要素がないと指摘されることがある。確かに観光地などは出てこない。だが、本当に〝旅情〟はないのだろうか？　否。鉄道会社重役のブークが語る、この言葉をお読みいただきたい。

「あらゆる階級のもの、あらゆる国籍のもの、そして、老若男女がひとつところに集まっている。三日の間、赤の他人であるこれらの人間が、いっしょに旅をするんですからな。おなじ屋根の下で眠り、そして食べ、おたがいに離れることができない――そうして、三日が過ぎると、おそらく、二度と会うこともない方向に、散り散りに別れていく――」

確かにここには貴族から軍人、メイドまで、ヨーロッパ各国からアメリカまで、さまざまな人々が集っている。あらゆる階級、あらゆる国籍、あらゆる年齢の人が集まる場所――階級社会のイギリスで、そんな場所はほとんどない。これこそが旅の特異性であり、本書に込められた特別な旅情なのだ。もちろんそれがミステリに生かされていることは言うまでもない。

＊オリエント急行
オリエント急行の車掌の名前はピエール・ミシェルだが、同じ名前の車掌が『青列車の謎』のブルートレインにも乗っている。同一人物かどうかは不明。

とはいえ、あらゆる階級・国籍と言いながら、すべて欧米の白人なんだよなあ。これが当時の多様性の限界だったのだろう。二〇一七年公開のケネス・ブラナー版映画では、アフリカ系やヒスパニック系*の乗客を登場させていた。これは原作の意図をよく理解し、リスペクトした改変のように、私には思えた。

『カリブ海の秘密』（一九六四）

甥《おい》のレイモンドに勧められ、マープルは保養のため西インド諸島のホテルに滞在していた。同じ滞在客の少佐から回顧談を聞いていたときのこと、殺人犯の写真を持っていると言った少佐がふと何かに目をやり、慌てて話を変えた。そしてその少佐の死体が翌朝発見される。病死として処理されたが、少佐が持っていたはずの殺人犯の写真が見当たらない。これは殺人では？　美しいカリブ海のリゾート地で、マープルが事件の謎に挑む。

　舞台となったサン・トノレ島のモデルはバルバトス島。クリスティが実際に執筆や保養のために滞在した島である。そして本書はマープル唯一の海外旅行ものだ。

　これまで海外を舞台にした作品はポワロがほとんどで、マープルは地元の村の他はせいぜいロンドン、あるいはその近郊の村の話ばかりだった。だがポワロがたびたび訪れた中東は第二次大戦後に次々と独立を果たし、政情不安でリゾートには向かなくなる。代わりにいまだ英領だった西インド諸島の人気が出

＊アフリカ系やヒスパニック系　人種だけではなく、アルコール依存症や薬物中毒、差別主義者など現代の社会病理を登場人物に反映させている。

『カリブ海の秘密』

永井淳訳　二〇〇三年　クリスティー文庫

た。大国の資本がはいって観光地化が進む。ロンドンと西インド諸島を結ぶ飛行機の直行便*が就航したのもこの時期だ。そして六〇年代に入ると、かつてはセレブの特権だった海外旅行が庶民にも手の届くものとなった。日本でも、おそろいの航空会社のバッグを持った団体旅行をご記憶の世代もあるだろう。レイモンドがマープルに飛行機での海外旅行を勧めるのもごく自然なこと——そういう時代が背景となっている。

マープルに海外旅行をさせたことで、本書には他のシリーズ作品にはない趣向が生まれた。これまで知り合いや地縁の中で暮らしてきたマープルが初めて、見ず知らずの人の中に放り込まれたのである。そんなマープルとバディを組むことになるのがラフィール氏だ。いやあ、このコンビがすごくいい！

ラフィール氏は大金持ちの、体が不自由な老人。身の回りの世話をする秘書と専属のマッサージ師を同行させている。偏屈で、わがままや文句ばかり言って、他者をこき下ろし、周囲を振り回す。絶対付き合いたくないタイプの老人なのだが、最初は「ばあさん」とバカにしていたマープルの鋭い洞察力を知り、だんだん見直していく過程がとてもいいのだ。マープルもラフィール氏の特質を理解し、上手に扱っていく。

そしてクライマックスでマープルはラフィール氏とともに殺人犯に立ち向かうのだ。弱そうなおばあちゃんと体の不自由なおじいちゃんが、だ。マープルは自身を〝復讐の女神〟と呼び、ラフィール氏をたきつけるのである。なんとかっこいいヒーローだろう。

＊飛行機の直行便
ハーパーコリンズの二〇〇二年刊ペーパーバック版では表紙が豪華客船のイラストになっている。中身読まずに描いたのかな？

◆トリビア
二〇一三年に放送されたジュリア・マッケンジー主演のＩＴＶ版ドラマには、ホテルの客としてイアン・フレミングという若い作家が登場する。新作のスパイ小説の主人公の名前が決まらないと悩んでいた彼は、ホテルに講演にやってきた鳥類学者が〝My name is Bond, James Bond.〟と名乗るのを聞いて「これだ！」とメモを取る——。
このエピソード自体はドラマオリジナルの創作だが、フレミングがジェームズ・ボンドの名前を実在の鳥類学者から採ったのは事実で、本人の許可も得ている。学者のボンド氏は西インド諸島の鳥類についての著書が有名だったことから発想したエピソードだろう。ただこの〝復讐の女神〟がポイント。第一章で私はマープルについて「後年、大きな変貌を遂げる」と書いたが、それがこの〝復讐の女神〟への変貌である。メイヘム・パーヴァでのマープルは、知り合いが巻き込まれた事件を解決する素人《しろうと》探偵に過ぎなかった。しかし『ポケットにライ麦を』（一九五三）あたりから彼女は義憤で動くようになり、〝村の探偵〟から〝正義の執行者〟へと変化していく。これはイギリスで死刑制度の廃止が議論された時期に相当する。複数の作品でマープルは死刑存続を訴えていることに注目。改心することのない悪は断罪されねばならないというクリスティの正義が、マープルに仮託されるようになるのだ。

時代が下がるにつれてポワロの登場作品が精彩を欠くのに反比例して、マープルの作品は印象を強めていく。それはクリスティがマープルに正義の執行者という立ち位置を与えたがゆえだ。このあと、その名もずばり『復讐の女神*』（一九七一）ではラフィール氏の遺言を受けて、マープルが再び立ち上がる。おばあちゃん探偵の最終形態がまさかここだとは。

ミステリの読みどころとしては、少佐は何を見たのか、という点に尽きる。被害者が見たもの、気づいたものをメインの謎に据えた作品は他にもあり、クリスティの十八番《おはこ》と言っていい。ちゃんと手がかりを与えつつ、読者にそうと気取らせない描写のマジックはもはや貫禄《かんろく》の域。どこまでヒントを見逃さずに読めるかが勝負だ。

し《007》の第一作が書かれたのは一九五三年なので、時代はズレている。

＊**『復讐の女神』**　原題は*Nemesis*。ギリシャ神話に登場する女神の名前で、人間の高慢な言動に対する神罰としての報復を擬人化したもの。したがって〝復讐の女神〟より〝義憤の女神〟の方が訳としては正確。本書のマープルはまさに義憤の女神である。

4　戦争がもたらしたもの

クリスティの作品に社会問題や政治が描かれることはほぼなく、隔絶された環境の中で純粋に人間模様と謎解きを楽しめる——のは間違いないが、それは社会情勢とまったく無縁であるという意味ではない。むしろ物語の背景には、執筆当時の社会のありようが反映されている。

特に戦争ともなればなおさらだ。クリスティは二度の大戦を経験しているが、第一次大戦中に書かれた『スタイルズ荘の怪事件』には戦時下のカントリーハウスでの暮らしが描かれたり戦争難民が登場したりしている。戦後すぐが舞台の『秘密組織』は、戦後不況と失業率増加に喘《あえ》ぐ若者（あまり喘いでいるようには見えないが）が主人公だ。

これらは初期作だが、すでに人気作家としての地位を確立して迎えた第二次世界大戦のときは少々趣《おもむき》が異なる。開戦直前には世情を入れた作品を注文された。作家のグレアム・グリーンはクリスティを広報の仕事に誘った（が断った）。彼女の影響力は、それほどまでに大きくなっていたのだ。

戦争を背景に入れた作品として書いたのが『愛国殺人』*（一九四〇）である。歯科医院で起きた殺人事件で、なるほど確かにファシズムに賛成する団体との

＊**『愛国殺人』**
日本での初訳は一九五六年の〈別冊日曜日〉（雄鶏社）の英米探偵小説傑作選でタイトルは「診療室の殺人」（加藤昌一訳）。クリスティについて書かれたミニコラムには彼女の年齢は「ポワロでもわからない」と書かれている。当時、クリスティの情報はあまり日本に入ってきていなかったことがわかる。

小競り合いなど、当時の社会情勢が取り入れられている。しかし実はこの作品でクリスティはポワロに、地位のある人の命と庶民の命を選別してはならない、と語らせるのだ。戦争直前の世相の中で外国人の探偵にそれを言わせたことに驚く。

だがこの後、戦時下ではポワロの登場作は減っていく。『五匹の子豚』（一九四二）では戦間期に起きた過去の事件を扱い、『白昼の悪魔』は社会の喧騒から離れたリゾート地を舞台にした（バトル警視の『ゼロ時間へ』も同様）。そしてそれ以降は終戦後までポワロは出てこない。第二次大戦開始早々にベルギーがナチスドイツに降伏して連合国側の非難を浴びたため、ベルギー人の探偵がイギリス人の犯罪を暴くという構図が書きにくくなったのかもしれない。

逆に、戦時中こそが出番のトミー&タペンスを『NかMか*』で長編としては十九年ぶりに、政治とは無縁のミス・マープルを『書斎の死体*』で十二年ぶりに、それぞれ登場させた（ともに間に短編集がある）。さらにマープルは続く『動く指』（一九四二）で完全復活を印象づける。社会と隔絶された穏やかな村の日常――メイヘム・パーヴァを、クリスティは敢《あ》えて戦時中に送り出したのである。

クリスティの私生活も当然、戦争に翻弄された。郊外の屋敷は軍に接収され、ロンドンのアパートは爆撃を受けた。旅行も制限され、マローワンの発掘調査が停滞した。娘ロザリンドの夫が戦死した。『杉の柩』（一九四〇）の表紙が気に入らなかったクリスティは刷り直しを版元に求めたが、紙不足のため叶わな

＊『NかMか』
＊『書斎の死体』
空襲が続く中、クリスティはこの二作を同時進行で書き上げた。タイプの違う二作を行き来しながら書くのは気分が変わって良かった、と語っている。はからずも、ともに〝短編集を挟んで十数年ぶりのシリーズ第二長編〟という共通点がある。

かった。

何より、一九四〇年九月から翌年五月にかけてのザ・ブリッツと呼ばれるロンドン大空襲の被害はすさまじく、クリスティも万が一のこと*を考えないわけにはいかなかった。『ゼロ時間へ』は今後執筆が難しくなる可能性を考えて出版まで時間をおくよう頼んだ他、自分が死んだときのためにポワロの最終作『カーテン』(一九七五)とミス・マープルの最終作『スリーピング・マーダー』(一九七六)をこの戦時中に書き上げ、版権の遺言とともに保管している。

戦後、クリスティはポワロを復活させた。『満潮に乗って』(一九四八)は終戦間もない頃が舞台だ。だが、ここに描かれる光景は戦勝国のものとは思えない。市民の生活は苦しく、上流階級であっても家の修繕費すら払えない。服は配給切符がなければ買えない。戦後の経済混乱が『満潮に乗って』の重要な背景になっているのだ。

政治とは無縁とされるクリスティ作品だが、実は年代順に読むことでイギリス社会のありようとその変化が伝わってくるのである。

▼戦争を知る二冊

『ABC殺人事件』(一九三六)
エルキュール・ポワロのもとに、ABCと名乗る人物からアンドーヴァーでの犯行予告と思《おぼ》しき手紙が届いた。そしてその予告通り、アンドーヴァーでア

＊万が一のこと
離婚裁判中に苦しみながら『青列車の謎』を書き上げたときのことを十五年後に振り返り、「予備の原稿が一本、〝切り札〟として残してあれば、ずいぶん気が楽になったでしょう」と語っている。その経験がここに活かされた。

リス・アッシャーという女性が絞殺される。さらに二通目の予告状が届き、ベクスヒルでベティ・バーナードが殺される。そのどちらにも、遺体のそばにはイニシャルを強調するかのごとくＡＢＣ鉄道案内が置かれていた。次に来るＣはどこで、誰が殺されるのか？

代表作のひとつである。犯人にしかわからないルールのもと、何の共通点もない（ように見える）被害者たちが殺されるというミッシングリンクものは多くの後続作品を生み出しているし、なぜ連続殺人でなければならなかったのかという動機もまた、もはや定番だ。

本書が他のポワロものと決定的に違うのは、容疑者をまったく特定できないというオープンな構造だ。ポワロは常に後手後手に回り、死者が出てからしか動けない。まるで金田《きんだ》一耕助《いちこうすけ》を見ているかのようだ。それぞれの事件について関係者に聞き込みはするものの、それが他の事件に結びつくわけでもない。先が見えず、ただ振り回されるのである。

これは推理を楽しみたい読者に対しては、やや不親切な構成とも言える。それを補うのが、時々挿入されるアレグザンダー・ボナパート・カストなる人物の断章だ。ポワロもヘイスティングズも知らない情報を、読者にだけ見せるのである。この章が何を意味しているか最初はわからないが、なんせアレグザンダー・ボナパート・カスト、イニシャルがＡＢＣなわけで、読者はこの人物が何なのかを想像し、そしてある程度の推理をしつつ読み進めることができる。

この手法は、クリスティー文庫の解説で法月綸太郎《のりづきりんたろう》さんが、また『アガサ・

『ＡＢＣ殺人事件』

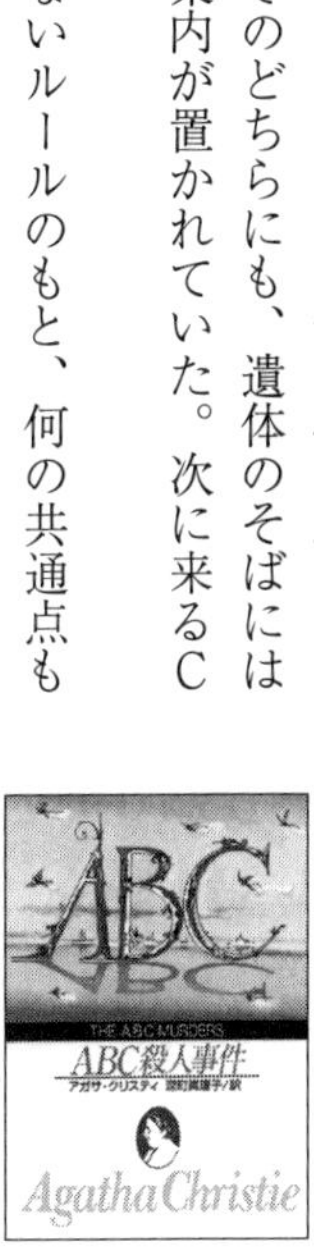

深町眞理子訳　二〇〇三年　創元推理文庫

クリスティー完全攻略』で霜月蒼さんが指摘しているように、現代に連なるシリアルキラーもの、サイコサスペンスものの構造だ。が、しかし。読者にヒントを与えサスペンスを増すこの構造にもクリスティらしい企《たくら》みが潜んでいるので、油断しないように。

ところで、ミッシングリンクものの名作である本書をなぜ戦争の項で紹介しているのか？　すでに本書をお読みの方にはおわかりだと思うが、ネタバレにならない範囲で説明すると、本書には第一次世界大戦の後遺症に悩む人物が登場するのである。

その人物は戦争で頭部に傷を負い、その後も発作に苦しむようになる。戦後不況で仕事は続かず、そこに世界恐慌が追い討ちをかけた。本書が出たのは大戦終結から十八年後だが、それだけ経っても戦争の傷から抜け出せない人々は確かに存在したのだ。

第一次世界大戦はそれまでの局地戦争とは明らかに違っていた。化学兵器が登場し、塹壕《ざんごう》を戦車や火炎放射器が襲い、大量虐殺が行われたのである。特に、死の恐怖と向き合いながら長引く塹壕戦を経験した兵士たちは、シェルショックと呼ばれる心身障害を負った。戦後もフラッシュバックに悩まされ、健全な生活が送れなくなった戦闘ストレス反応――いわゆるＰＴＳＤ*に苦しむ兵士たちも多く出た。これは第二次大戦やベトナム戦争でも同じだ。

本書のラストで、ポワロは犯人のやったことを「忌まわしい犯罪」と言う。「××××××××とは言えませんよ」と評する。それは連続殺人を指してい

＊ＰＴＳＤ

戦争のＰＴＳＤを描いた小説には、アーネスト・ヘミングウェイ『日はまた昇る』（一九二六）、Ｊ・Ｄ・サリンジャーの短編「バナナフィッシュにうってつけの日」（一九四八）、ティム・オブライエン『失踪』（一九九四、学習研究社）、ニコ・ウォーカー『チェリー』（二〇一八、文藝春秋）などがある。サリンジャーの作品からタイトルを採った吉田秋生の漫画『ＢＡＮＡＮＡ ＦＩＳＨ』（小学館）もベトナム帰還兵のＰＴＳＤから話が動き出す。

るのではない。何が忌まわしいのか、そこにクリスティが込めた思いをどうか汲《く》み取っていただきたい。私が本書を反戦小説だと考える所以《ゆえん》である。

本書の刊行から三年後、世界はまた戦争へと進んでいくことになる。

『NかMか』（一九四一）

戦時下の一九四〇年。四十代半ばのトミーとタペンス夫妻は、半隠居状態を余儀なくされている。戦争が始まり、前の大戦で士官や看護婦として最前線で活躍した自分たちの出番だと思ったのに、すでに歳をとり過ぎていると門前払いされるのだ。

ところがそんな折、トミーに情報部から指令が下った。あるゲストハウスにナチスドイツのスパイと思しき人物が滞在している可能性があり、客を装って潜入調査しろという。機密行動なのでタペンスに知られないよう、トミーは単身でそのゲストハウスに向かった——。

まあ、タペンスが大人しくしてるはずはないよね？　この先の展開には思わず笑ってしまう。相変わらず楽しい夫婦だ。しかし現実は楽しくない。だって戦時中だもの。

ゲストハウスの食事時には、戦争への不満やナチスドイツの悪口が噴出する。「あの電撃作戦とやらも、ドイツ軍の最後のあがきにすぎませんわ」なんて威勢のいいセリフもある（電撃作戦とは前述のザ・ブリッツのこと）。まさにそ

『NかMか』

深町眞理子訳　二〇〇四年　クリスティー文庫

の電撃作戦の最中に描かれたのが本書だ。実際には最後のあがきどころか、事態はますます悪くなっていくのだが。

　本書も世情を入れたもの＊をという版元のリクエストに応えた作品である。参戦前だったアメリカでの出版が一時見送られたほど、反ナチス色が前面に出ている。が、『愛国殺人』でポワロに命の平等を語らせたクリスティは、ここにも彼女なりのメッセージを盛り込んだ。

　作中、「戦争なんですから、当然わたしたちは敵を悪しざまに言わなくちゃならない。きっとドイツ側でもおなじことをしているでしょう」というセリフがある。けれど個々のドイツ人に目をやれば、それは同じ人間なんだ、人間はみんな同じ気持ちを持っているんだ、ドイツのことは嫌いでもドイツ人ひとりひとりが嫌いなのではない、敵対しているのは今だけなのだと、クリスティは登場人物に語らせるのである。

　これ、すごくない？　国が勝手に戦争始めちゃったけど、私たちはドイツ人が嫌いなわけじゃないよ、戦争が終わったらまた仲良くできるよと言っているのだ。いや、むしろこれを語らせるために〝世情を取り入れた〟この小説を書いたのではないだろうか。

　スパイスリラーではあるが、ゲストハウスの中でのスパイ探しはそのままミステリのフーダニットの構造に則《のっと》っている。ここはクリスティのテクニックが光るところ。細やかな伏線やめくらましが実に鮮《あざ》やかだ。真相がわかって読み直すと、ある登場人物のセリフの中に当然出てくるべき言葉が一度も使われて

＊世情を入れたもの
ブレッチリー少佐という人物が登場するが、たまたまこの名前がイギリスの政府暗号学校（ステーションX）が置かれた土地の名前と一緒だったことから、クリスティはMＩ5からの問い合わせを受けた。小説を通じてステーションXの存在をドイツに教えようとしたのではないかという容疑だったという。何だそれ。もちろん疑いは晴れた。ちなみにステーションXはのちにベネディクト・カンバーバッチ主演の映画「イミテーション・ゲーム」（二〇一四）の舞台になっている。

いないことに気づいて愕然《がくぜん》とした（さて何でしょう？）。

　もうひとつ、本書は世代間の相剋《そうこく》を描いた物語である、ということも書いておかねばならない。年寄りを見下す若者と現役にこだわる老年の対比。親と子の間に横たわる断絶。それらが本書には繰り返し登場する。若者は年寄りを理解できず、子どもは親を理解できない。けれど理解できないということを、大人は知っている。だって自分もそうだったから。そんな若さも含めて、大人は若者を、子どもを愛しているのだ――それがこの物語の根底にある。

　これは、歳をとっていくシリーズキャラだからこそ可能なテーマだ。トミーとタペンスがかつてどれだけ無謀な若者だったか、どれだけ無根拠な自信に溢れていたか、読者がいちばんよく知っているのだから。そりゃ自惚《うぬぼ》れた若者たちを見て、苦笑するしかないよね。

　なお、執筆後に自宅が爆撃の被害を受けたクリスティは、著作権代理人にこんな手紙を送っている。「最後の章を、もっとうまく――もっと最近の情報をとりいれて――書けたと思うのです――トミーとタペンスのフラットが爆撃されて、防空壕を舞台にするとか」――作家魂、おそるべし。

5　変わりゆく大英帝国

終戦後、一九四五年から四六年にかけて、クリスティは一年ほど執筆を休んでいる。何をしていたかというと、戦後の生活の立て直しだ。軍に接収されていた屋敷が戻されたので、その整備や引っ越しに忙殺されたのである。なんとトイレが十四個*も増築されており、撤去費用を巡って軍とケンカ……じゃなくて交渉にかなり手間取ったらしい。

再整備が必要だったのは屋敷だけではない。イギリスという国もまた、再整備の時を迎えていた。戦勝国ではあったが、イギリスが受けた経済的打撃はドイツや日本に匹敵すると言われたほどで、さらに植民地の相次ぐ独立が財政を圧迫した。大きな変革が必要とされたのだ。〝ゆりかごから墓場まで〟をスローガンとした社会保障制度、主要産業の国有化、都市計画に田園計画などなど、国は次々と政策を打ち出す。

これが何をもたらしたか。植民地の消失と都市の変化、および税金の引き上げにより、〝若い頃は植民地に出向して、余生は郊外のカントリーハウスで悠々自適〟という戦前までの上流階級のライフスタイルが完全に崩れたのである。かつてはお屋敷に住み込んでいたメイドや庭師たちも、都会で勤め人の道

＊トイレが十四個
あくまでも原状回復を望んだクリスティに対して軍は、トイレの増設は「改良」であり、将来屋敷を学校に転用するようなことがあればとても役に立つはずだと主張した。結局すべて軍の費用で撤去されることになったが、この軍の主張は、屋敷を維持できずホテルや学校にする上流階級が増えていたことを窺わせる。
ちなみにこの屋敷はグリーンウェイにあり、のちに『死者のあやまち』（一九五六）の舞台としてほぼ現実のまま登場した。スーシェ版ドラマでは実際にグリーンウェイでロケを行っている。現在、屋敷はナショナルトラストに寄贈され、クリスティが暮らした場所として一般公開されている。

を選ぶようになった。逆に田園地帯にはニュータウンが造られ、余所者が流入するようになった。

共同体の崩壊。戦間期に隆盛を誇った、古き良きメイヘム・パーヴァの消失である。

しかしクリスティはそれを逆手にとった。その変化をメイヘム・パーヴァに取り入れたのだ。たとえば一九五一年に刊行された『魔術の殺人』*には、それまで上流階級がノブレス・オブリージュ（身分の高い者にはそれに見合った責任が伴《ともな》うという考え方）として行ってきた慈善活動や教育活動を国がやるようになった、という話が登場する。そしてこの作品に登場する上流の家庭は新たな慈善活動として少年院を設立するのだが、そこで事件が起きるという趣向だ。イギリスでは上流階級の役割が変わってきたぞ、という話なわけである。

もちろんこれは、まだ上流としての体裁を保っていられる家の話だ。カントリーハウスを維持できず、売却したり、あるいは下宿屋などに改築して収入を得るという人も多かった。そんな状況が描かれるのが、『魔術の殺人』と同じ年に刊行された『マギンティ夫人は死んだ』*（一九五二）である。使用人も雇えないまま荒れた屋敷に住み続ける人、植民地から帰って先祖代々のカントリーハウスを民宿にした人などが登場し、逆に成り上がりの実業家がモダンな家で執事を雇う暮らしをしている。そういえばカズオ・イシグロの『日の名残り』*では、カントリーハウスをアメリカの富豪が買い取っていたっけ。

『魔術の殺人』はマープル、『マギンティ夫人は死んだ』はポワロのシリーズ

＊『魔術の殺人』
ルース、ルイズ、ルイスというよく似た名前の人物が登場するので、カタカナの名前は覚えにくい、という読者は要注意。原語のスペルはまったく違うんだけどね。翻訳あるある。

＊『マギンティ夫人は死んだ』
イギリス版初版のジャケットには、クリスティが「ぜひこれを使って欲しい」と言って提供した〝凶器〟の写真をもとにしたイラストがあしらわれている。凶器は何かという謎を中盤まで引っ張っているのに、いいのかそれは。

なお、本作でポワロに協力するスペンス警視は、他に『満潮に乗って』『ハロウィーン・パーティ』『象は忘れない』にも登場している。

＊『日の名残り』
〝信頼できない語り手〟の名作である。

だ。中の人としてイギリスの変遷《へんせん》をつぶさに見てきたマープルと、これまで体験したことのない雑多な環境に放り込まれたポワロの対比も興味深い。

ちなみに、どうしても古き良き大英帝国が忘れられない、という人々が登場するのが一九六五年の『バートラム・ホテルにて』である。エドワード王朝時代にタイムスリップしたかのような演出のホテル（明治村や日光江戸村のホテル版と思えばいい）が舞台だが、その一方でビートルズの話題などが登場する。これもまた、時代の移り変わりの証人たるマープルが活躍する長編だ。

▼イギリスの変化を知る三冊

『予告殺人』（一九五〇）

「殺人をお知らせします。十月二十九日金曜日、午後六時半にリトル・パドックスにて。お知り合いの方々にご出席いただきたく、右ご通知まで」——ある朝、なんとも不可解な広告がローカル新聞に掲載された。人々は殺人ゲームのようなものだと思い、いそいそと出かけていった。

しかしリトル・パドックス館の住人たちは誰も心当たりがないと言う。それでも来客がある以上はと歓待の準備を始める。そしてその時間が来た。ふいに照明が消え、ドアが開けられ、男が乱入してくる。* 三発の銃声！　あかりがついたとき、そこには銃を撃った当人と思しき男の死体が転がっていた……。

なんとも魅力的な導入部である。殺人予告を新聞で行うというケレンもさる

『予告殺人』

羽田詩津子訳　二〇二〇年　クリスティー文庫

＊照明が消え、ドアが開けられ、男が乱入してくる
この場面を書くためにクリスティは隣人に頼み、暗くした部屋に懐中電灯を持ちながら入っていって何が見えたかという実験をしていた。刊行後に本書を読んだその隣人は〝これか！〟と膝を打ったとのこと。

ことながら、乱入してきた当人が死んでしまうのだから。警察はその男の身元を確認するとともに、その場にいた人々に個別に事情を聞いていく。そして満を持してマープルが登場するのだ。

巧いなあ、と思うのは前述したような戦後のメイヘム・パーヴァの変化が見事に生かされている構成だ。

舞台となったチッピング・クレグホーンはもともと高級住宅地である。商店や喫茶店もあり、かつて農業労働者が住んでいた小屋も立派に改装されて、一人暮らしの女性や隠居した夫婦が住んでいる。ヴィクトリア朝時代の建物も残っている。それだけ見れば、戦間期のメイヘム・パーヴァとなんら変わらない。

しかし実際には住民たちはみな、戦後の物資不足に喘いでいる。誕生日なのにケーキを焼く砂糖もチョコレートもない。昔は石炭やコークスが大量にあったなんて、若者には信じられない様子だ。さらにろくな使用人が雇えない。しかし使えない使用人でもいないと困るので仕方なく雇っている。むしろ雇い主が使用人の機嫌をとる始末だ。

何より、戦後になってここに住み始めた人が多いというのが、戦間期のメイヘム・パーヴァとの最大の違いだ。マープルは言う。

「十五年前なら、住人全員を知っていました。［中略］もし新しい人、完全な新入りで、まったくのよそ者がやって来たら、ものすごく目立つでしょう。全住民が、あれは何者だろうと知りたがり、すべてを探りだすまで落ち着かないでしょうね」と。でも今は、新しいご近所さんを理解するようすがは自己申告しかないのだ。

物資不足、使用人不足、余所者の流入。戦後の共同体を襲った三つの要素が、ここにはすべて入っている。そしてそれらは単なる背景ではない。具体的には書けないが、この三つの要素がすべて何らかの形で事件の展開にかかわってくるのだ。戦後の崩壊しつつある共同体だからこそ可能な仕掛け、この時代の田園地帯の村でしか成立しないミステリと言ってもいい。クリスティは古き良きメイヘム・パーヴァの様式を逆手にとったのである。

そういった新たな仕掛けを作る一方で、戦間期と変わらぬ部分もある。手がかりやヒントの出し方だ*。何気ない日常描写にさりげなく挟まれるヒント。うっかり読み過ごしてしまいそうな手がかり。何よりクリスティお得意の〝あからさまなのに気づけない伏線〟には脱帽するしかない。真相を知ってから読むと〝もろに書いてあるじゃん！〟とほぞを噛むことになる。

なお、マープルものの短編「教会で死んだ男」（『教会で死んだ男』所収）はチッピング・クレグホーンが舞台。本書に登場した人物が再び顔を見せる。また、本書と併せて短編「コンパニオンの女」（『ミス・マープルと13の謎』所収）を読むと面白い発見がある、かも。

＊手がかりやヒントの出し方
『予告殺人』は小道具の使い方が実に巧いのだが、ジョーン・ヒクソン主演のBBCのドラマでは画面に何をどう映すかが工夫されており、映像ならではのヒントの出し方が堪能できる。真相を知って見返すと、ああ、ここに映ってる！　と感動できるぞ。

『葬儀を終えて』（一九五三）

大富豪アバネシー家の当主リチャードが亡くなり、遺言が公開された。本来

『葬儀を終えて』

加賀山卓朗訳　二〇二〇年　クリスティー文庫

なら息子に全額を譲るところだが、息子はリチャードより先に病死している。そこで新たな遺言として財産を六分割し、弟妹や親族に分けることにしたという。ところがその場で、末妹のコーラが「すごくうまくもみ消したと思わない？」と言い出した。意味がわからず戸惑う家族たちに、コーラはこう続ける。

「だって彼は殺されたんでしょう？」

　もともと空気を読まずに発言するタイプなので家族は黙殺したが、翌朝、コーラの死体が家事手伝いの女性によって発見される。彼女のあの言葉が死を招いたのか？　他の相続人たちに容疑がかけられ、弁護士はポワロに助けを求めた――。

　あらかじめお断りしておくが、このあらすじ紹介には正確でない部分がある。しかしこう書くしかない、というのは本書を読めばご理解いただけると思う。ご寛恕《かんじょ》願いたい。

　さて、いやあ、面白い！　鮮やかに大ネタが決まる快感たるや。皆さんの中には、このトリックは本当にうまくいくんだろうか？　と首を傾げる方もいるかもしれない。そういう方はぜひ、デビッド・スーシェ版のドラマをご覧いただきたい。映像で見れば*なるほどと納得されるはずだ。

　その大ネタに気づかれないよう、周到にミスディレクションがちりばめられている。これが実にテクニカル。ミスディレクションは特に〝何と何を関連づけるか〟において発揮されている――というところまでは言ってもいいかな。

　ここで注目していただきたいのは、財産を均等に分ける、というそもそもの

＊映像で見れば
この作品は一九六三年にマーガレット・ラザフォード主演でマープルものに翻案され映画化された。タイトルはMurder at the Gallop（寄宿舎の殺人）。原形をとどめぬ改変にクリスティは怒髪天を衝き、映画公開とともに原作キャンペーンを張る予定だった出版社も水を差される形となった。この製作会社によるマープルの映画は四本あるが、一九六四年の四作目Murder Ahoy!（船上の殺人）はついに原作なしのオリジナル（ごく一部に『魔術の殺人』の要素が入っている）にマープルを登場させるというものだった。

出発点である。これは家の解体を意味する。当初は息子に継がせて、これまでの生活様式を続けるつもりだった。ところがその息子が死んでしまった。しかし他に一家を任せるに足る者がいないので、リチャードは家そのものをもう解体することにしたのだ。これはつまり、ぼんくら当主でも黙ってればお金が入ってくる時代じゃない、事業センスがないものに任せられる時代じゃないということだ。同時に使用人たちには暇《ひま》が出される。

これに対し、若い世代は素直に歓迎する。むしろ自分のしたいことができると考える。ただ、姪のスーザンは自分が事業を継ぎたかったのに女性であるというだけで任せてもらえないことを悔しがる。一方、古き良き時代を知っている高齢の者たちは寂しさを感じるのだ。特に顕著なのが使用人だ。*老執事は過去を懐かしみ、ご時世だからしょうがないと諦める。

「こうした立派なお屋敷は、もうお役目を充分果たしたと存じます。［中略］旦那様がかなり若いころからお仕えしておりましたので。私は幸運でした」

しかし若い使用人たちは気にしない。彼らはすでに〝家に仕える〟のではなく、ただ雇われているだけという意識なのだ。財産分与ひとつでこれだけの変化を描けるのだからすごい。ついでにいえば、若い世代はエルキュール・ポワロを知らない！

＊顕著なのが使用人
弁護士がコーラの家を訪ね、家事手伝いのミス・ギルクリストと対面したとき、「あなたは——その——友人として住んでいたが、同時に——なんというか——家事もなさっていた？」と奥歯にものの挟まったような問いかけをする。これは彼女がレディスコンパニオン（『スタイルズ荘の怪事件』の項参照）なのか使用人なのか判断がつかず、態度を決められなかったことを表している。それに対するミス・ギルクリストの、本当は労働者階級じゃないけど家事は好きだからやってあげているといわんばかりの答え方に、戦後の崩れゆく階級制度が垣間見える。

つまり『予告殺人』が共同体の変化を描いたのに対し、これは家の変化をテーマにしているのである。

古い文化が滅んでいく。古い時代が消えていく。これは上流階級から見た、沈みゆく大英帝国への鎮魂歌である。それはただの背景ではない。そういう時代であることが、この事件を読み解く鍵になるのだ。犯人の正体も、動機も、それと無縁ではないのだから。

『鏡は横にひび割れて』（一九六二）

かつて『書斎の死体』で事件の舞台となったゴシントン・ホールが売りに出された*。買い取ったのはアメリカ人映画俳優のマリーナ・グレッグだ。マリーナは館を野戦病院部隊の記念パーティに提供し、マスメディアやマリーナのファン、セント・メアリ・ミード村の人々もてなしを受けた。

ところが、マリーナの大ファンであるヘザー・バドコックがカクテルを飲んで死亡する。毒が入っていたのだ。そのカクテルは、本来マリーナが飲むはずのものだった……。

ミス・マープルといえばセント・メアリ・ミード村のイメージが強いが、話の全編がセント・メアリ・ミードで展開されるのは『ミス・マープル最初の事件 牧師館の殺人』と本書の二冊だけである。その『ミス・マープル最初の事件』や『書斎の死体』を本書と比べてみていただきたい。景色も人もかなり様《さま》

『鏡は横にひび割れて』

橋本福夫訳　二〇〇四年　クリスティー文庫

＊ゴシントン・ホールが売りに出された
屋敷を売った後、持ち主だったバントリー夫人は守衛所に暮らしている。『死者のあやまち』もカントリーハウスを売却した元女主人が番小屋に暮らす設定だが、その描かれ方はかなり違うので読み比べ推奨。

変《が》わりしていることに気づくだろう。幾人かの登場人物は亡くなり、館は売られ、新興住宅地やスーパーマーケットができているのだから。

物語の中核を成すのはゴシントン・ホールで起きた毒殺事件であり、マリーナというひとりの女性をめぐる出来事の数々だ。それはとても痛ましく、そして悲しいほどに美しい物語である。ここに展開されるミステリとその真相*は、ドラマ性という点ではクリスティの全作品の中でもトップクラスだろう。特に謎を残すラストの静謐《せいひつ》なことと言ったら！

物語の大きな要素として、パーティの最中にマリーナが「凍りついた表情」を見せるくだりがある。いったい何が彼女にそんな表情をさせたのかが本書の大きなポイントなのだが、この場面の描写にタイトルにもなっているテニスンの詩が使われていることに注目願いたい。

この詩は、鏡の置かれた塔に閉じ込められ、外の世界を見ると死ぬという呪いをかけられたシャロット姫を歌ったものだ。ところが姫は、鏡に映り込んだ勇者ランスロットに恋をする。直接彼の姿を見たくて思わず外を見てしまうのだ。その瞬間、鏡がひび割れ、呪いが発動する。それでも彼のもとに向かおうとしたシャロットだが……。

このシャロットがマリーナのある一面についてのメタファであるのは明らかだ。マリーナが凍りついた表情をした瞬間、それは鏡が割れて呪いが発動した瞬間なのである。ではその呪いとは何か。ぜひ本書で確かめられたい。彼女は何を悲しみ、何に抵抗し、何を諦め、何を受容したのかが、このドラマの鍵と

＊ミステリとその真相
二〇二〇年にこの小説がある観点から再注目された。「それはネタバレ！」とのたうち回るような注目のされ方だった。だが引き合いに出したくなる気持ちはものすごくよくわかる。

なる。

　そしてそれらのキーワードは、そのままセント・メアリ・ミード村とマープルにも当てはまるのである。

　本書の冒頭、マープルはすっかり年老いて弱った姿で登場する。古いものが消えるのは寂しい、新しいものに馴染めない。けれど事件を解決する過程でマープルは蘇《よみがえ》る。新たな街並みの中で古くからの友人と変わらぬ会話を楽しみ、新たな人間関係をも構築する。時代の変化や老いに対する抵抗と受容が、ここにあるのだ。

　なぜ本書がマープルであり、セント・メアリ・ミード村だったのか。それは時代が変わっても人は変わらないということを伝えるためだ。マリーナのような人はいつの時代にも、どこにでもいる。ヘザーのような人も常にいる。本書で描かれる夫婦や家族の愛情といったものも時代や場所を問わない。戦後、イギリスの共同体はどんどん姿を変えていった。けれど人は変わらない。だからマープルなのだ。マープルの、事件の渦中の人を過去の体験や知り合いに当てはめてパターン分類するという推理方法は、人間が時代によって変わってしまったら成立しなくなる。けれどこの事件を解いたのは、ポワロではなくマープルだった。

　それは〝時代が変わっても人は変わらない〟という何よりの証明なのである。

◆トリビア
一九八〇年に映画化され、日本では「クリスタル殺人事件」の名で公開された。マープルを演じたのは「ジェシカおばさんの事件簿」でも知られるアンジェラ・ランズベリー。彼女は一九七八年の映画「ナイル殺人事件」でサロメ・オッターボーン役だった。つまりあの映画のカルナック号には、ポワロとマープルのふたりが乗っていたのだ。

第3章　人間関係で読む

1　ロマンス！　ロマンス！　ロマンス！

クリスティは自伝に「探偵小説中の恋愛興味はすこぶる退屈」と書いている——と言ったら、驚くのではないだろうか。なんせクリスティのミステリはロマンスがまったく登場しないものの方が珍しいくらいなのだから。

この言葉は、『スタイルズ荘の怪事件』を振り返って語ったものである。科学的に進行するべき探偵小説に恋愛の要素を持ち込むのは性《しょう》に合わないが、小説の結末には恋愛があるべきで——と、悩んでいたようだ。まだプロになる前だからこそ、小説の様式や慣習について神経質になっていたのかもしれない。

だがそれはあくまでも謎解きとロマンスのバランスの話。もともとクリスティはかなりのロマンス好き*である。その証拠に、『スタイルズ荘の怪事件』のプロットを考えるのがたいへんだった反動で、何も考えず楽しんで書いたという二作目の『秘密組織』はスパイスリラーでありながらジェーン・オースティンばりのロマンス小説の構造なんだもの。

クリスティの作品に登場するロマンスは、大きくわけて三つに分類される。

ひとつめは、物語自体がロマンス小説の形をとっており、事件解明と同時にロマンスの成就で話が締め括《くく》られるもの。前述の『秘密組織』や『茶色の服を

＊かなりのロマンス好き
本書では扱えなかったが、メアリ・ウェストマコット名義の作品はロマンスが主軸。

着た男』がこれに当たる。この趣向はクリスティが好んで書いた〝元気な若い女性が活躍する冒険スリラー〟で発揮されるのが特徴だが、それ以外でも事件解決のあとにカップルが成立する話は多い。

　ふたつめは、事件の動機や発端が恋愛にある——つまり事件において恋愛問題が中心となっているもの。三角関係を扱ったものが多く、最も有名なのが『ナイルに死す』だ。三角関係については別項で詳しくやるとして、不穏なロマンスの描写が物語を牽引《けんいん》する様《さま》が一級品。少し毛色は異なるが『終りなき夜に生れつく』（一九六七）もここに入れていい。

　そして三つめは、登場人物の恋愛が事件をややこしくしたり、逆に調査を進展させたり、また時にはめくらましとして作用するもの。これが実に多彩！『アクロイド殺害事件』に登場する若者の恋もそうだし、『大空の死』でポワロの助手を務める女性のロマンスも然《しか》り。『愛国殺人』に登場する二組のカップル、『満潮に乗って』の〝え、ほんとにその男でいいの？*〟と思わずにはいられないヒロインの選択。戦時中を舞台に、田園地帯の村に静養にやってきた傷病兵が村の娘に恋をする『動く指』。『ゴルフ場の殺人』に至ってはヘイスティングズに恋をさせ（もともと彼はかなり惚《ほ》れっぽいのだが）、それが事態を複雑にした上に、最終的にヘイスティングズは……いや、これは読んで確認していただこう。

　この三つめのケースでは面白い傾向がある。ポワロが若い登場人物のキューピッドになるパターンが多いのだ。『三幕の悲劇』では「私の心は恋し合って

＊ほんとにその男でいいの？
これは心の底から「ほんとにその男でいいのか、マジか、目を覚ませ！」と言いたくなる。なんでも許せばいいってもんじゃなかろう。

いる人たちを見抜くのに鋭敏なんです」「恋愛に手助けこそすれ、邪魔だてなどしませんよ」などと語る場面もある。失恋した女性をなぐさめることもあれば、若者の背中を押すこともある。すれ違った恋人たちの誤解を解いてやることもある。なかなかに小粋《こいき》なのである。

もちろんその他にも、実は背景には恋愛問題があったのだけれどそれが隠されていたというケースもあるわけで、それらはネタバレになるのでここでは紹介できない。ひとつだけあげられるとしたら『復讐の女神』か。六〇年代にこんな恋愛を書いていたのだなあと感嘆する。

そして、これら恋愛要素の使い方が、クリスティ作品が今も変わらず読み継がれている大きな理由のひとつだ。恋心や独占欲、嫉妬心というのは昔も今も変わらないのだから。ロマンスを扱う一方で、露骨な性描写がない*のも年代性別を問わず安心して読める一因である。

▼ロマンスに浸《ひた》る三冊

『謎のエヴァンス』（一九三四）　※別題『なぜ、エヴァンズに頼まなかったのか？』

断崖の下に倒れている男を見つけたボビイ。慌てて駆け寄るが、その男は「なぜ、エヴァンスに頼まなかった？」と言い残して息絶えた。

その後、死者の妹だという人物が現れ、事件は事故として処理される。あと

＊露骨な性描写がない
デビッド・スーシェ版のドラマ「ナイルに死す」は、原作にはないシーンから始まる。この場面についてスーシェは自伝『ポワロと私』（高尾菜つこ訳・原書房）で「今回のドラマはアガサを少しドキッとさせたかもしれない。というのも、冒頭に若い二人のベッドシーンがあるからで、これはアガサのどの小説にも見られないものだ」と書いている。ポワロを演じるにあたり、スーシェが原作を読み込んでいたことがわかる。

『謎のエヴァンス』

長沼弘毅訳　一九六〇年　創元推理文庫

になって死者の死に際の言葉を思い出したボビイは、親切のつもりでそれを妹に手紙で知らせるが、なぜかその後、ボビイが命を狙われることに――。ボビイの幼馴染みの伯爵令嬢フランキーは何かおかしいと感じ、ボビイとともに事件を調べ始める。

若いふたりのドタバタ探偵物語である。ユーモラスで軽快で波乱万丈、謎解きありアクションあり監禁あり脱出あり恋の鞘《さや》当《あ》てあり、ダイイングメッセージに密室事件といろんなものが全部乗っかり、最後は大団円。とても楽しいミステリだ。薬物中毒の紳士とか怪しい精神科医とか囚われの美女とか、往年の怪奇スリラーを彷彿《ほうふつ》させるような人物配置なのに、こうも楽しくできることに驚かされる。

ところで本書は、ノンシリーズではなくトミーとタペンスでも良かったのではと指摘されることがある。確かにふたりのキャラクターは、まさにトミーとタペンスだ。あるお屋敷に乗り込むために車で突っ込むなんて、まさにタペンスがやりそうなことではないか！

しかし、あのふたりではダメなのだ。なぜなら本書でクリスティがやりたかったのは、一九三〇年代という戦間期の若者を描くことと、階級差ロマンスなのだから。第一次大戦を生き抜き、同じ階級で結婚し、ちゃんと歳をとるふたりは、世代も階級もこの物語には当てはまらないのである。

一九三〇年代の若者は〝第一次大戦に間に合わなかった世代〟と言われ、戦争に行っていないことが引け目になっていたのだという。上流階級の若者は退屈をもてあまし、パーティや無軌道な遊びに興じていた。こうした享楽的で退廃的な当時の若者はBright Young Things（陽気な若者たち）と呼ばれ、作家のイーヴリン・ウォー*が作品で取り上げた。本書のフランキーはまさにそういう令嬢として描かれる。

一方、中産階級のボビイは牧師館の四男。折からの世界恐慌の余波で職がなく、実家に寄生しつつ友人と怪しげな商売を始めようとする。戦争を乗り越えた父親から見れば、切羽詰まっているはずなのに危機感がなく、ふらふらしている息子が気に入らない。何度話しても父と息子はわかり合えず、それもこれも戦争のせいだ、戦争がすべてを壊したんだとボビイは考えるのである。

つまり本書は退屈したお嬢様とポンコツニートの冒険物語なのだ。そう書くとラノベっぽい。『写真の美女を探したら別人でした』みたいなタイトルにして可愛いイラストで出してみたらどうだろう。それはともかく。この冒険が彼らにもたらしたものこそ、階級差ロマンスである。

作中、貴族のフランキーと中産階級のボビイを隔《へだ》てる壁が物語の随所に登場するのに気づくだろう。幼い頃からフランキーの家にボビイが招かれることはあっても、その逆はない。ボビイが看護婦にフランキーへの伝言を頼もうとすると身分を弁《わきま》えろみたいなことを言われる。車で突っ込んだお屋敷でフランキーが手厚くもてなされるのも彼女が貴族だから。この階級の意識というのが実はミステリの……おっとここまで。

フランキーとボビイは日本で喩《たと》えるなら大名のお姫様と寺の小坊主だ。そん

＊イーヴリン・ウォー
Bright Young Thingsは『卑しい肉体』（大久保譲訳・新人物往来社）で描かれる。イーヴリン（イヴリン）という名前は女性に多いが、ウォーは男性。ということを知っておくと、クリスティのある作品を読むときのヒントになる、かも。

な身分の違いを跳ね飛ばして、ふたりは結ばれる。これほどのロマンス、ある？

『忘られぬ死』（一九四五）

男を虜《とりこ》にせずにはいられないローズマリー。彼女はレストランで催《もよお》された彼女の誕生日パーティの席で青酸が入ったシャンパンを飲んで死亡、自殺として処理された。しかし、彼女の莫大な遺産を次いだ妹のアイリスや、彼女を独り占めしたかった人、彼女に弱みを握られていた人や恨んでいた人などもいて、その死には割り切れないところも多かった。

それから一年。ローズマリーの夫、ジョージは、彼女が死んだときと同じメンバーを同じ場所に集めて、アイリスの誕生日パーティを開催する。そこにはジョージのある計画があった。そして二度めの悲劇が起きる――。

もともとは《エルキュール・ポワロ・シリーズ》の短編「黄色いアイリス」（『砂に書かれた三角形』所収）を、長編に再構成した作品である。短編はポワロ*ものだが、長編にはレイス大佐*が登場する。展開や真相もかなり違っているので、ぜひ読み比べてみていただきたい。

特に大きな違いは、ローズマリーの死とそこからの生活を通して、主要人物全員の心理描写があるということ。短編「黄色いアイリス」は殺人の方法と犯人を探すことに特化しているが、長編『忘られぬ死』は女たちの恋とプライド

『忘られぬ死』

中村能三訳　二〇〇四年　クリスティー文庫

＊レイス大佐
レイス大佐登場作は本書の他に『茶色の服を着た男』『ひらいたトランプ』『ナイルに死す』がある。『茶色の服を着た男』ではレイス大佐のロマンスもあるぞ！

を描く心理ドラマになっているのだ。

ローズマリー夫妻の友人、アレクサンドラ。夫が浮気をしているのを知っていて、じっと耐える。決して取り乱さない。辛くて痩せ細ってしまってもプライドは手放さない、自尊心と気概《きがい》の人。ジョージの秘書、ルース。どんな仕事も彼女に任せておけば大丈夫という絶大な信頼を得ている。ある人物にずっと片想いをしているが、その気持ちを抑えて仕事に徹する理性と自信の人。ローズマリーの妹、アイリス。華やかな場所はすべて姉のもので、自分には何もない。けれど姉が死に、自分の恋心に気づいてから彼女は少しずつ変わる。受容の人から覚醒《かくせい》の人へ。

恋慕と嫉妬。優越感と劣等感。自尊心の揺らぎ。そういったものの葛藤が、物語を一気に深くしている。メロドラマではあるが、その根底にあるのは時代を問わない人の心の営みだ。

ローズマリーはこの物語において被害者であると同時に、この三人の女性の内面を炙《あぶ》り出す触媒である。もちろん男性たちにもそれぞれ動機がある。穏やかで包み込むような愛、翻弄《ほんろう》され絡《から》め取られる愛、打算の愛。この物語の前半は、主要人物の恋愛の形を描くことで容疑者を紹介していると言っていい。

ここまで濃密な人間ドラマを見せた第一篇が、どう第二篇にかかわってくるのかが本書のミステリとしての読みどころ。事件の本番は第二篇からなのだ。それまでは（一年前の事件があったとはいえ）長い前振りのメロドラマである。だがそのメロドラマの中に、大事な情報はすべて入っている。もちろんクリス

＊展開や真相もかなり違っている
「黄色いアイリス」と本書では設定などは同じなのに被害者と犯人が異なる。したがって短編を先に読んで「この人が犯人だな」と思っていると驚くことになる。

ティだもの、ストレートにくるはずもない。かなり捻《ひね》ってあるのでお楽しみに。

　トリックだけみれば短編の犯人のままでも何ら問題はない。けれどこの心理ドラマがあるからこそ、長編の犯人の動機が胸に迫る。何があの人物を犯行に駆り立てたのか、どうかその心情を想像しながらお読みいただきたい。

『ホロー荘の殺人』（一九四六）

　ヘンリー・アンカテル卿と妻のルーシーが住むホロー荘に、親しい人々が集まった。しかし空気はどこか不穏だ。なぜなら妻のガーダを伴って訪れたジョン・クリストウ医師と彫刻家のヘンリエッタは不倫の恋の真っ最中だし、そのヘンリエッタに何度もプロポーズしては玉砕しているエドワードもいる。ルーシーの従妹のミッジは、そのエドワードに恋をしている。

　そこに、マッチを切らしてしまったので貸して欲しいと、近くの別荘に住む女優のヴェロニカがやってきた。実はヴェロニカはジョンの元恋人なのだ。送ってもらいがてら、ジョンに復縁を迫るヴェロニカ。

　その翌日、客として招かれたポワロがホロー荘に到着した。しかし彼が見たものは、プールサイドで銃を持って立っているガーダと、射殺されたジョンの姿だった……。

　ちょっと相関図を整理して恋の矢印の方向を確認したいくらいである。よくぞこんな人たちを一堂に集めようと思ったもんだなルーシー！　火種しかない

『ホロー荘の殺人』

中村能三訳　二〇〇三年　クリスティー文庫

◆トリビア
冒頭に「ラリーとダネーに捧げる」とある。これはクリスティの戯曲『ブラック・コーヒー』と『エンド・ハウスの怪事件』（※別題『邪悪の家』）でポワロ役を演じた俳優フランシス・ラリー・サリバンとその妻のこと。彼らの暮らすプール付きの邸宅がこの物語のモデルになった。戦時中、クリスティはよく彼らの邸宅を訪れ、リフレッシュしていたという。そこを殺人現場にするとは……。

じゃないか。いや、こうなるとは思ってなかったんだろうけども。

　このめくるめく恋愛相関図に惑わされそうになるが、実は本書はミステリとしてかなりの大技が使われている。クリスティの代表作のひとつに通じるような大仕掛けなのだ。それを知って再読すると、多くのセリフや行動にまったく別の意味があったことがわかって驚く。

　しかも、そのダブルミーニングを敢《あ》えて明確に説明せず〝あれは、もしかしてこういうことだったのかな？〟と読者に想像の余地を残した書き方になっているのが特徴。この人のこの行動の真意は何だったのか、このセリフには実はこんな意味があったんじゃないかなど、考え出すと実に面白い。これは読書会などで感想を語り合うのに向いている。本書は謎解きはフェアプレイだが、作中人物の心の中は読者に委ねているのである。

　もうひとつの代表作ほど仕掛けに注目されない理由がこれだ。この物語はトリックよりも人間ドラマとしての印象が強いのである。

　なぜ、各人の心中を明確に説明せず、いろんな解釈ができるような書き方をしたのか。それは、心には唯一の正解はない、ということではないだろうか。

　読み終わったとき、それぞれの登場人物の恋愛をもう一度振り返っていただきたい。この中で百パーセント純粋に誰かを愛している人は誰もいない。自分の理想を押し付け、その偶像を愛している者。恋人よりも自分の仕事や他の人物を大事に思う人。過去の幸せだった日々を相手に仮託しているだけの人。ではみんなの愛は贋物なのか？　それも違う。それぞれが本気で相手を愛してい

◆トリビア
『ホロー荘の殺人』は一九八五年、南紀白浜を舞台に日本で翻案映画化されている。タイトルは「危険な女たち」、ポワロに相当する探偵役は石坂浩二演じる推理作家だった。

原作では事前に全員が遊びで射撃練習をしたため硝煙反応の検査が役に立たないという設定だったが、射撃のできない日本でそこをクリアした改変が面白い。

たのも、また事実なのだ。

　全員が、エゴと愛の間で揺れている。このままじゃダメだと思いつつも流されてしまう、空虚（hollow）な人たち。前述の『忘られぬ死』が恋とプライドの物語なら、『ホロー荘の殺人』は愛とエゴの物語*なのである。

　また、本編はカントリーハウス・マーダーであることにも触れておかねばならない。第二次大戦が始まった頃にはカントリーハウス文化はほぼ崩れていたのだけれど、このホロー荘には実直な執事はいるし、おっちょこちょいのメイドもいる。時代を考えれば上流階級は『満潮に乗って』や『ねじれた家』（一九四九）のような状況になっているはずなのに、本書ではリアリティがないくらいの、古き良き体裁を保っている。

　これは一種のメイヘム・パーヴァだ。戦争があったからこそ、社会から隔絶された古き良きカントリーハウスを、クリスティは小説で蘇《よみがえ》らせたのである。

＊愛とエゴの物語
クリスティはこの作品にポワロを出したのは失敗だったと語っている。ポワロを出すことによって謎解き色が強まったが、本来は心理劇だからというのがその理由だ。クリスティ自身による本作の戯曲（「ハヤカワ ミステリマガジン」二〇一〇年四月号掲載）にはポワロは登場しない。

2　三角関係の使い方

クリスティのロマンス成分の中でも目立つのは、三角関係を扱ったものだ。

三角関係はクリスティのお気に入りのモチーフで、多くの作品に登場する。

親友に恋人を奪われた女性が、彼らの新婚旅行先のエジプトまでつきまとう『ナイルに死す』が筆頭だが、この作品では別の三角関係も同時進行している。今の妻に冷たく、別れた前妻に優しい男をめぐって緊張感が増していく『ゼロ時間へ』、浮気をしている夫を殺したとして逮捕され、終身刑の判決を受けた女性の冤罪《えんざい》を晴らそうとする『五匹の子豚』、二組の夫婦の複雑な関係が登場する『カリブ海の秘密』。また、後期の作品の中には、隠されていたけれど実は三角関係だった、という作品も複数ある。

登場人物の恋愛を盛り上げるためのライバル登場といった使い方ではなく、三角関係を通してそこに流れる疑心や嫉妬、執着、プライドといった人間心理の綾《あや》をクリスティが物語の核に据えるようになったのは、一九三〇年代半ばから*だ。

それまでは、クリスティの評価はミステリの仕掛けに注目したものが大半だった。初期の代表作とされる『アクロイド殺害事件』にしろ『オリエント急行

＊一九三〇年代半ばから　と書いたが、実は一九二八年の『青列車の謎』が浮気や心変わりだらけで、主要人物が軒並み三角関係・四角関係の中にいる。浮気や離婚騒動を書くのは辛い時期だったと思うのだが、それにしては三角関係の乱舞っぷりが尋常じゃない。クリスティ、むしろヤケになってないか。

の殺人』にしろ、アイディアの斬新さ、トリックの意外さ、読者を騙《だま》すテクニック、それこそがクリスティだと。

　もちろん、『オリエント急行の殺人』には正義とは何かというテーマがあったように、いずれもトリックだけの作品では決してない。探偵の個性、大英帝国の描写、異国情緒――そういったものもまたクリスティ作品の魅力だと、本書では語ってきた。しかし、人間の心理描写、感情描写という点で評価されるようになったのは、一九三〇年代半ば以降、三角関係を真正面から描くようになってからなのだ。特に本項で紹介する『杉の柩』は、ヒロインの心情描写が絶賛された一作だし、その手腕はメアリ・ウェストマコット名義で発表された『春にして君を離れ』（一九四四）という大傑作に結実する。

　クリスティにこの変化をもたらしたのは、やはりマローワンとの再婚だろう。ウェストマコット名義で一九三四年に刊行された『未完の肖像』に注目願いたい。これは自らの過去を登場人物に仮託した半自伝的作品だ。もちろんそこにはクリスティ自身が三角関係の一端を担うことになった、不幸な前の結婚も反映されている。

　自分の過去を振り返り、小説にまとめる。それができるようになった。ここでクリスティは完全に過去を整理したのだ。前に述べたように、この時期に書かれた『パーカー・パインの事件簿』が彼女の変化を示唆《しさ》している。そして、ここを境に、クリスティの作品には三角関係を中心とした恋愛ドラマの成分が色濃く出てくるようになる。

◆トリビア

三角関係を書かせたら巧いのはパトリシア・ハイスミス。特に『殺意の迷宮』（創元推理文庫）『生者たちのゲーム』（扶桑社ミステリー）の三角関係の描き方がいい。他に三角関係ものの名作として、マーガレット・ミラー『殺す風』（創元推理文庫）、ドロシー・L・セイヤーズ『箱の中の書類』（ハヤカワ・ミステリ）、サラ・ウォーターズ『夜愁』（創元推理文庫）、そしてその名もズバリのジェフリー・ディーヴァーの短編「三角関係」（文春文庫『クリスマス・プレゼント』所収）を挙げておく。

『殺意の迷宮』

パトリシア・ハイスミス著　榊優子訳　一九八八年　創元推理文庫

これが、巧い。

奪う側にも奪われる側にも嫉妬があり、優越感があり、敗北感がある。横恋慕の虚《むな》しさ。愛情の冷めた相手に縋《すが》る情けなさ。そこには過去を彷彿させるような自虐も自己正当化も気負いもない。むしろ過去を整理したことで抑圧がとれ、本来のストーリーテラーとしての実力がのびのびと発揮され始めたと言った方がいい。

三角関係の投入と同時期に確立したのが、前半に心理ドラマをたっぷり描き、事件が起きるのは中盤になってからという構成だ。最初に事件が起きれば、物語はその解明が中心となる。しかし先に〝事件が起きるまで〟を見せることで、事件へと向かう人々の関係をじっくりと描けるようになった。これにより、クリスティの作品は一気にドラマ性を増したのである。

そして三角関係を扱うことは、ミステリの幅を広げることにもつながった。

三角関係とは恋愛ドラマにおいて、いわばありふれた、手垢のついた設定である。それはすなわち、読者に〝三角関係とはこういうもの〟というイメージが刷り込まれているということでもある。それを逆手《さかて》にとるような仕掛けをクリスティは次々と繰り出した。三人のうち、被害者になるのは誰か。加害者になるのは誰か。その動機は、きっかけは何か。そもそもその三角関係は本当に見た目通りのものなのか。三角関係を構成する三人の環境や事情、関係性次第で、そのバリエーションは無限に広がるのである。

『殺す風』

マーガレット・ミラー著　吉野美恵子訳　一九九五年　創元推理文庫

『夜愁』

サラ・ウォーターズ著　中村有希訳　二〇〇七年　創元推理文庫

▼三角関係のバリエーションを知る二冊

『杉の柩』（一九四〇）

病気で臥《ふ》せっている裕福な叔母が若い女にたぶらかされている——そんな匿《とく》名《めい》の手紙がエリノアのもとに届いた。若い女とは、叔母に目をかけられているメアリイのことに違いない。おりしも叔母の病状が悪化、エリノアは恋人のロディーとともに叔母の屋敷を訪れるが、そこでロディーは、天真爛漫《らんまん》で美人のメアリイに一目惚れしてしまう。

ロディーが結婚をしぶりだしたのを察知し、内心の燃えるような嫉妬を懸命に押し殺すエリノア。そしてメアリイがモルヒネ中毒で死亡する。動機のあるエリノアは逮捕されるが、彼女を知るピーター・ロード医師の依頼で、ポワロが真相解明に乗り出した。

——と書いたが、実はメアリイが死ぬのは第一部の最後、全体の四割が過ぎてからなのだ。おっと、ネタバレにはならないのでご心配なく。プロローグで、エリノアがメアリイを殺したとして裁判にかけられるシーンが紹介されているのだから。つまり第一部は、前述した、事件に至るまでのドラマを読ませるパートなのである。

このエリノアの心情描写が圧巻！　本書はファンの多い作品だが、それはひとえにこのエリノアという人物の揺れる思い、自分でも抑えられない黒い感情、

『杉の柩』

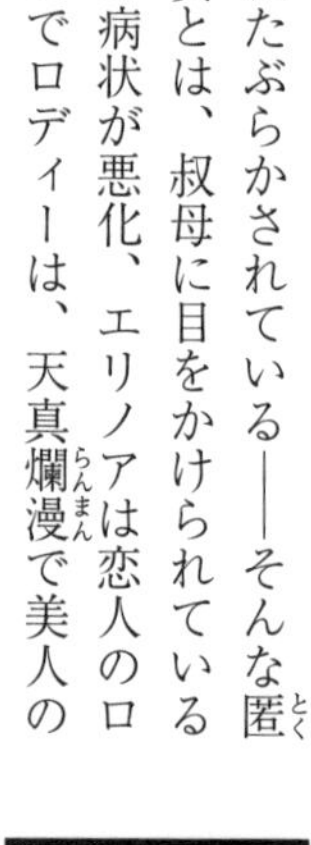

恩地三保子訳　二〇〇四年　クリスティー文庫

そしてそこから覚めるまでの内面描写によるものだ。本書はひとことで言えば、嫉妬に心が蝕《むしば》まれて闇落ちした女性を描いたロマンス小説なのである。

誇り高いエリノアは嫉妬心を表に出すことができず、物分かりのいいふりをする。ロディーや周囲の人が期待するエリノアを演じる。でもどす黒い気持ちは抑えられない。メアリイさえいなければという思いが、いっそ死んでくれれば、に変わる。そんな気持ちを持ってしまったことに驚き、自分が怖くなる。許せなくなる。あるべき自分と、実際の自分がどんどん乖離《かいり》していく。そしてついには——。

この一連の彼女の感情がもう、リアルで切なくて！　その丹念な筆致こそが『杉の柩』の特徴であり、偏愛する読者の多い所以《ゆえん》でもある。正直なところ真犯人の行動には穴もあるのだけれど、そんなことはどうでもいいとすら思わせてくれるのだ。エリノア、あんたよく頑張ったよ……と肩を抱いてやりたい。

クリスティは後年、これはポワロのシリーズでやる話ではなかったと語っている。出版社の希望で彼を登場させたが、本書においてポワロの存在感は希薄だ。それはミステリとしての仕掛けで読ませるのではなく、心情で読ませる作品だからだろう。むしろ本書は、ウェストマコット名義の作品群に近い。

であるにもかかわらず、ミステリとしてもレベルが高いのだから恐れ入る。何がすごいって、本書が〝嫉妬に心が蝕まれて闇落ちした女性を描いたロマンス小説〟であることすら、トリックに利用してるんだから！

本書には重要な手がかりとなる場面や、はからずも真相を示唆しているよう

◆トリビア

ぜひ本書と読み比べてほしいのがドロシー・L・セイヤーズ『毒を食らわば』（創元推理文庫）。裁判シーンで始まり、ヒロインが恋人を毒殺したとして有罪判決を受ける。最初は食中毒だと思われていたが、のちに毒殺と判明したもので、ヒロインとともに飲んだコーヒーに砒素が入っていたと判断された。謎解きには毒に関する知識が必要で、主人公はこのヒロインの冤罪を晴らすために奔走する、しかも全編ロマンス風味——という、構造だけとってみれば『杉の柩』によく似ている。

『毒を食らわば』が書かれたのは『杉の柩』より早い一九三〇年。同時代を生き、英国女性ミステリ作家のビッグ4と並び称されたセイヤーズの先行作品をクリスティが読んでなかったとは思えない。これは「同じネタで私が書くとこうなる」というエール交換のようにも感じられるのだが、どうだろう？　なんせ『毒を食らわば』で

な場面が随所にある。フェアプレイにもほどがあるというくらいあからさまだ。しかしクリスティはエリノアの嫉妬の方に読者の目を引き寄せ、ある手法を使うことで、その場面が重要であるということを読者に悟らせないのである。

心情描写を物語の中枢に置き、けれどそれすらトリックに利用する。本書はクリスティの一大転換点であり、記念すべき里程標たる一冊なのだ。

なお、現在流通しているクリスティー文庫ではエピグラフが削除されており、なぜタイトルが杉なのかわからなくなっているが、これはシェイクスピアの『十二夜』に由来する。イギリスでイトスギ（Cypress）は柩に使われることから、柩の代名詞なのだ。日本でヒノキといえばお風呂、みたいなものである。

ヒロインを救うために奔走する主人公の名前は、『杉の柩』に登場する医師と同じピーターなんだもの。

『毒を食らわば』

ドロシー・L・セイヤーズ著　浅羽莢子訳　一九九五年　創元推理文庫

『白昼の悪魔』（一九四一）

スマグラーズ島のホテルでゆっくりと避暑を楽しむポワロ。しかし平穏なリゾートは元女優アリーナ・マーシャルの登場で揺れ始めた。アリーナはホテルの客であるパトリック・レッドファンを誘惑し始めたのだ。まんざらでもなさそうなパトリックに、彼の妻であるクリスチンは苦悩する。アリーナにも夫のケネスや娘のリンダが同行しているのだが、そんなアリーナを見てもなぜか泰然自若としているケネス。

レッドファン夫妻とマーシャル夫妻、二組のカップルが織りなすふたつの三角関係。そしてついにアリーナが死体で発見される。当然クリスチンが疑われ

『白昼の悪魔』

鳴海四郎訳　二〇〇三年　クリスティー文庫

たが、アリーナの遺産を相続するケネスや継母を嫌っていたリンダも怪しい。しかし関係者には鉄壁のアリバイがあった――。

本作にはクリスティの得意技が惜しげもなく投入されている。たとえばマザー・グース。タイトルの *Evil under the Sun* はマザー・グースの一節から採られたもので、太陽の下の悪、転じて〝この世の至る所に悪はある〟という意味。つまり〝お天道さんが見てる〟だ。もちろんその〝悪〟を見ているお天道さんがポワロである。

ふたつめの得意技は、旅情。舞台となった島のモデルはデヴォン州のバー島*だ。ここに建つホテルがそのまま事件に使われている。ファンの聖地巡礼も可能だ。なお、この島の裏側は断崖《だんがい》絶壁で洞窟《どうくつ》もあり、『そして誰もいなくなった』(一九三九)のモデルにもなっている。

また〝全員容疑者〟もクリスティの十八番《おはこ》だ。ホテルという限定された場所において、全員に動機なり機会なりがあった、というもの。容疑の濃淡こそあれ、濃いからといって真犯人とは限らないのはご存じの通り。しかもホテルの滞在客がそれぞれ個性的で実にいい!

そして何より、あからさまな伏線やダブルミーニング。こんなはっきりと書いてあった、この言葉がヒントだった、初読のときは気づかなかったけどそういう意味だったのか!――そんな驚きが本書にもたくさん詰まっている。

が、これほどまでの得意技をすべて入れ込みながら、やはりその中で光っているのは三角関係の描き方だ。夫婦や恋人の間に他の女が割り込んでくる――

＊バー島
島といいつつ、本土と砂州でつながっている。満潮時には海水に覆われるため移動は水陸両用トラクターが使われる。デビッド・スーシェ版ドラマ「白昼の悪魔」はまさにこの島と、モデルになったバー・アイランド・ホテルで撮影された。
また、ジョーン・ヒクソン版の「復讐の女神」の冒頭の場面もこの島で撮影された。

クリスティが書いた三角関係で最も多いパターンである。

読者には無意識の前提がある。横入りして夫婦やカップルを壊したとき、罰せられるべきはその横入りした人物であるべきだという思い。夫婦や恋人同士の愛は不変であるという理想。だから、夫婦や恋人を脅かす三角関係や、そこに割って入る女や男を読者も警戒する。奪われた側に同情したりもする。

その思い込みを意外な形で操るのがクリスティだ。見た目通りのはずはないと警戒していても騙されてしまう。タイトルにあるEvil――悪または悪魔とは何を指しているのか。ポワロの推理にぜひとも驚いていただきたい。

なお、本書も元ネタになった短編がある。「砂に書かれた三角形」(『砂に書かれた三角形』所収)だ。舞台も人物配置も展開もほぼ同じ。ただし真相と犯人は違う。また、トリックについても、元になったと思われる短編が複数ある。探してみていただきたい。

◆トリビア
本書の小道具に〝厚紙でできた中国風の笠〟がある。一九八二年公開のピーター・ユスチノフ版の映画(邦題は「地中海殺人事件」)と二〇〇二年放送のスーシェ版ドラマでは形が違うので見比べてみると面白い。ユスチノフ版は笠地蔵的な笠(クーリーハット)で、スーシェ版は阿波踊り的な笠……という説明でわかるだろうか?

なお、映画が「地中海殺人事件」なのは、舞台の島がアドリア海に変更されたため。ユスチノフ版は総じてリゾート色が強い。

3　いろいろな家族の形

クリスティの作品において恋愛に勝るとも劣らず多くモチーフになるのが、家族である。しかも、歪《いびつ》な形の。

中でも目立つのは、その家の当主が殺されて家族が容疑者になるというものだ。当主の死をきっかけに家族の軋轢《あつれき》が表面化するというものも多い。テーマを分類するなら〝遺産の行方〟〝抑圧からの解放〟〝もつれた家族愛〟の三つだが、それらが組み合わさったり、この中のひとつと見せかけて別の動機があったり、これもまたさまざまなバリエーションを見せてくれる。

本項で紹介する三作の他にも、富豪の死によってその遺産を継いだ後妻に憎しみが集まる『満潮に乗って』や、病死のはずの当主は殺されたのだという突然の指摘が新たな殺人事件に展開する『葬儀を終えて』、遺産を家政婦に残したため遺族の間に疑念が高まる『もの言えぬ証人』（一九三七）、横暴で家族を支配する母親が殺される『死との約束』（一九三八）などなど。

もちろん、その嚆矢《こうし》は、女主人が殺され、若い再婚相手に疑惑が集まるデビュー作『スタイルズ荘の怪事件』だし、『アクロイド殺害事件』も高圧的な当主が殺され、容疑者になったのは家族だった。

これらの多くがカントリーハウス*を舞台にしていることにも注目願いたい。死んだ人物が富豪だったり気難しい人物だったりで、遺産や抑圧など遺族が疑われる要素を揃えやすいのはもちろん、家族・親族・使用人の中にも序列があるという往年の階級制度が物語に面白みを与えている。

舞台がカントリーハウスであっても、そこに古さはない。お金がほしい、自由になりたい、愛したら愛し返してほしい云々《うんぬん》は時代を選ばない人間の心理だから。従って家族をテーマに書かれたこれらの物語は、驚くほど今も同じだ。夫婦の不仲、思い通りにならない子育て、親への反発や抵抗、きょうだい間の格差、女性の立場。家族に背を向けて我が道を行こうとする者もいれば、家族にすがって生きるしかない者もいる。設定はノスタルジックだが、人物描写は現代と何ら変わらない。

また、親子の関係を軸に置いた物語も多い。血のつながらない親子が描かれるのが『魔術の殺人』や『鏡は横にひび割れて』。後述の『無実はさいなむ』（一九五八）も養子の話だ。『マギンティ夫人は死んだ』も親子の複雑な関係が鍵になる。『バートラム・ホテルにて』には娘と疎遠な母親と、その母親に不満を抱く娘が登場する。また、かなりの変化球ではあるが老人ホームから老女が連れ去られる《トミー&タペンス・シリーズ》の『親指のうずき』も親子の物語が背景にある。母と子の関係についてはウェストマコット名義の『娘は娘』（一九五二）『愛の重さ』（一九五六）でも主要な要素を担《にな》う。母性は後半期のクリスティが追求したテーマと言っていい。

＊カントリーハウス
十九ページで紹介したものの他に、有名な家族もののカントリーハウス・ミステリにはドロシー・L・セイヤーズ『雲なす証言』やアントニイ・バークリー『第二の銃声』（創元推理文庫）、ダフネ・デュ・モーリア『レベッカ』などがある。
これらは黄金期の作品だが、戦後～現代にかけてもカントリーハウスものは一定の人気を誇る。七〇年代にはジェームズ・アンダースン『血染めのエッグ・コージイ事件』（扶桑社ミステリー）、八〇年代にはバーバラ・ヴァイン『運命の倒置法』（角川文庫）、二〇〇〇年代以降にケイト・モートン『リヴァトン館』（RHブックス・プラス）や『忘れられた花園』（創元推理文庫）の他、ギルバート・アデア『ロジャー・マーガトロイドのしわざ』（ハヤカワ・ミステリ）やスチュアート・タートン『イヴリン嬢は七回殺される』（文春文庫）といった特殊設定が用い

さらに、クリスティの筆は子どもに対しても容赦がない、ということも言っておかねば。子どもは無垢な天使などではない。時には大人顔負けの悪知恵を働かせることもあれば、未熟ゆえの行動が思わぬ悲劇をもたらすこともある。逆に、何も知らないからこそ無邪気な一言が地雷になることもある。タチの悪い子どもが出てくるとあかしてネタバレにならないのは『ハロウィーン・パーティ』*（一九六九）か。子どもって、こういう嘘つくよなあ、とにやにやしながら読んでると背負い投げを喰らうぞ。

▼家族のドラマを味わう三冊

『ポアロのクリスマス』（一九三八）

大富豪のシメオン・リー氏と長男夫妻が暮らすゴーストンホール。クリスマス*に向けて、他の場所に住んでいる次男以下の息子たちが続々と帰ってきた。さらには、スペインからは孫娘、南アフリカからはシメオン氏の親友の息子だという青年までが一堂に会する。

しかし空気は重い。なぜなら息子たちは皆、父親のことが嫌いなのだ。金を自由にさせてもらえない、横暴だ、亡くなった母への辛い仕打ちを忘れられない——理由はさまざまだが、その憎しみは募るばかり。

そしてついに惨劇が起きる。シメオン氏の部屋から家具が倒れる大きな音と悲鳴のような声が聞こえ、家族たちが慌てて駆けつけるもドアには鍵が。よう

られた搦手の作品も増えた。

『雲なす証言』

ドロシー・L・セイヤーズ著　浅羽莢子訳　一九九四年　創元推理文庫

『第二の銃声』

アントニイ・バークリー著　西崎憲訳　二〇一一年　創元推理文庫

やく中に入ると、そこにはめちゃくちゃに散乱した家財道具と、血の海に倒れたシメオン氏の死体が*……。

まず注目すべきは、これがクリスティには極めて珍しい密室殺人を扱ったものだということ。密室はミステリの定番だが、登場人物（と読者）の思い込みを利用した心理トリックが得意なクリスティには、物理的なトリックを中心に据えたものは極めて少ない。密室めいたものが出てきても、それは付加的なものに過ぎないのだ。正面から密室を扱ったのは本書と『殺人は癖になる』くらいである。

献辞にあるように、本書は義兄から「もっと血が大量に流れる元気で凶暴な殺人」が読みたいと言われ、そのリクエストに応えて書いたものだ。なるほど、喉をかき切られ血の海に沈む老人というのはいかにも、である。しかしこのトリック、かなり派手というか、犯人が仕掛けをしている様子を想像するといっそ笑ってしまうようなもの。頼まれたから普段は書かないようなものを書いたわよ、と言うことか。いやもうこれ遊んでるでしょ。

だがしかし、そこはクリスティ。ただリクエストに応えただけじゃない。実は義兄のリクエストに応えるふりをして、そこに企《たくら》みを潜ませている。答える〝ふり〟である。ふざけてるようなトリックすら、実は彼女の策略なのだ。騙しの主眼は他にある。立ってる者は親でも使え、騙せる者は義兄でも騙せ。そういう意味ではこれもまた、密室が中心というわけではない。とてもわかりやすい、かつ意外なところに堂々とヒントが出ている、とだけ言っておこう。

『忘れられた花園』

ケイト・モートン著　青木純子訳　二〇一七年　創元推理文庫

＊『ハロウィーン・パーティ』

二〇二三年にケネス・ブラナーにより「名探偵ポアロ：ベネチアの亡霊」として映画化。アレンジし過ぎて原作とはもはや別物だった。

『ポアロのクリスマス』

川副智子訳　二〇二三年　クリスティー文庫

事件の動機を調べる過程で中心になるのはもちろん、息子たちの父親に対する反発だ。けれど本書が家族ミステリとして優れているのは、好むと好まざるとにかかわらず家族であるならある程度は当然——という摂理を見事に利用している点にある。これもぜひ真相を知ったあとで読み返していただきたいのだが、言われてみればここはちょっとおかしいぞ、ここはちょっと辻褄《つじつま》が合わないぞ、という場面にいくつか気づかれるはずだ。

本書に描かれるのは、家族というしがらみや愛憎が起こした悲劇である。シメオン氏の息子たちが抱えていた鬱屈《うっくつ》は、抑圧、金、母の恨み——と、前述した家族ミステリ三つの要素のすべてが網羅《もうら》されているという大盤振る舞い。シメオン氏に死をもたらした真の動機はこの中のどれだったか。それともそれ以外なのか。ポワロは言う。「シメオン・リーは息子と娘に伝えるべき、なにをもっていたでしょうか?」と。これは家族という名の、呪いの物語である。

なお、本書に登場するピラール・エストラバドスという名前が、二〇一七年の映画「オリエント急行殺人事件」に出てきたのを覚えている方もいるだろう。原作の北欧系宣教師をヒスパニック系に変えた際、ケネス・ブラナーが『ポアロのクリスマス』が好きで、そこから名前をとったとのこと。

『ねじれた家』(一九四九)

一代で莫大《ばくだい》な財を築いたアリスタイド・レオニデスが毒殺された。その機会

＊クリスマス
タイトルにはクリスマスと銘打たれているが、不穏な家族関係と事件の影響で物語にクリスマスらしさはない。英国のクリスマス事情を味わうなら、中編「クリスマス・プディングの冒険」(『クリスマス・プディングの冒険』所収)がおすすめ。これは短編「クリスマスの冒険」(『マン島の黄金』所収)を、新たな短編集のページ数調整のため膨らませたもの。

＊シメオン氏の死体
父が殺されたとき息子が「神の挽き臼はゆっくりだが……」と呟く。これは時間がかかっても真実は必ず露わになるという意味の諺だが、同じ諺を三谷幸喜脚本の翻案ドラマ「オリエント急行殺人事件」で原作の宣教師に相当する八木亜希子が口にする。

があったのは五十以上も年の離れた若き後妻のブレンダ。しかし証拠がない。
レオニデスの孫娘ソフィアの恋人チャールズは、事件が解決しないと結婚できないと言われたため、警視庁副総監の父の協力を得てデオニデス家を訪れる。そこには後妻の他、長男夫婦、次男夫婦とソフィアを含む三人の子、その家庭教師、前妻の姉、そして使用人たちという大勢がともに暮らしていた。内部の犯行であることは間違いない。家族が互いに疑い合う中、第二の殺人が起きる——。

原題は *Crooked House*＊。マザー・グースの童謡から採られたものだが、このcrookedという単語がポイントだ。〝ねじれた〟と訳されているけれど、この単語には他にも多くの意味がある。性格がひねくれている、見た目や骨格が歪《ゆが》んでいる、不揃い、不正な行為、奇妙なもの、屈折、変わり者——。彼らの暮らす邸宅の外観や内装も確かにcrookedだが、それだけではない。これらの意味がすべて登場人物を示唆しているのだ。

ひねくれている者、不正行為に手を染めた者、戦争に行けなかったはみだし者、振る舞いがエキセントリックな者、素直じゃない者、病気で体が不自由な者。そんなcrookedな人々が集うのがこの家なのである。ソフィアは言う。

「あたしたちの一家って、とても変なのよ。残忍なところがたくさんあって、それも、みんなちがうの。いろいろな残忍さ、これが大きな不安の種になるんだわ」

財産はすでに親族にたっぷりと生前贈与されており、遺産狙いの線はないよ

『ねじれた家』

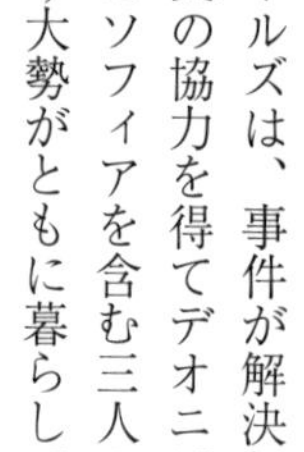

田村隆一訳　二〇〇四年　クリスティー文庫

＊Crooked House
建物がねじれていると言われてもピンと来ないが、この屋敷は作中でスリー・ゲイブルズと呼ばれており、実物を見たチャールズが「イレヴンゲイブルズじゃないか」と考える場面がある。ゲイブルとは切妻屋根のこと。十一の切妻屋根を持つ館であることがわかる。ちなみに館のモデルになったのは、クリスティ自身が暮らしたスタイルズ荘。

うに思われた。さらに特別にレオニデスを嫌っていたような者も見受けられない。むしろ好かれていたらしい。そんな中で、誰が、どんな動機で彼を殺したのかが物語の焦点だ。

本書では複数の事件が起きるが、普通は事件が重なれば手がかりが増え、容疑者が絞られていくものである。けれどそうはならない。物証がないからだ。誰が犯人でもいいような状況が続く。ではどうやって犯人に到達するのか？それがこの物語の面白いところだ。

物証はない。けれどクリスティは随所にヒントを忍ばせる。そのヒントに当てはまるのは誰なのかを辿《たど》っていくと、ある人物に帰着するのである。

だが何より本書で強烈な印象を残すのは、衝撃的な真相*だろう。この真相がcrooked の集大成であり、本書最大の crooked である。言ってしまえば〝意外な結末〟の大ネタ一発の話なのだが、それだけでは終わらせない不気味さが真骨頂。なぜならここに書かれているのは現代と変わらない社会病理だから。ひねくれた自意識と歪んだ道徳心が醸成《じょうせい》され、悲劇を起こす。その恐ろしさがこの〝物証がない〟という構成に表れている。証拠を積み上げて「犯人はおまえだ！」と言うのではなく、少しずつ高まった緊張感がついに臨界点を迎えて一気に爆発する、そんな決着なのだ。これは丹念に手がかりを集めるポワロや、すべてを知り合いになぞらえてパターン分類するマープルではできない手法だ。だから本書はノンシリーズなのである。

なお、この真相については有名作家による先行作が二作ある。うち一作はあ

＊衝撃的な真相
本作刊行時にアメリカでラジオドラマになる計画があったが、この展開のせいで〝日曜の夜に一般家庭に放送されるにはふさわしくない〟とボツになった。出版社からも結末を変えてくれと依頼されたが、クリスティは拒否している。

まりに有名なので、*本書を読んだ人はすぐにそれを思い出すだろう。もう一作はその有名作よりも前に刊行されている（日本では比較的最近初邦訳が出た）。作者の知名度を考えればその二作はクリスティも読んでいるはずで、真相のみならず語り手の設定にも類似点があることを思うと、〝あれ〟を私が書くとこうなるの、という意識があったのかもしれない。だが二番煎《せん》じの印象が薄いのは、犯人の造形において先行二作と明らかな違いがあるからだ。その点は三作の中で本書が最もシビアである。それが何なのかはぜひ読んで確かめていただきたい。そう言いながら書名を出せない（だって出すと犯人わかっちゃうもの！）のも歯がゆいが。

『無実はさいなむ』（一九五八）

アージル家の当主夫人レイチェルが殺害された。逮捕されたのは直前にレイチェルと言い争っていた息子のジャッコ。彼は事件の時刻には見知らぬ男に車に乗せてもらっていたというアリバイを主張したが、警察はその証人を探し出せず、作り話だとして有罪が確定した。そして半年後、ジャッコは獄中で肺炎のため死亡する。それですべてが終わったはずだった。

しかし事件から二年後、キャルガリという男がアージル家を訪れて驚くべき情報を伝えた。なんと彼がジャッコのアリバイの証人だというのだ。ジャッコを車で送ったあと交通事故に遭って記憶を失い、そのあとは南極探検隊*の一員

＊あまりに有名なので
その著者は〝あやつり〟をモチーフにした作品群で有名だが、その中に〝犯人が探偵をあやつる〟というミステリがある。そしてその作品が出たのと同じ年に、クリスティもポワロが犯人にあやつられる『エンド・ハウスの怪事件』を出している。

『無実はさいなむ』

小笠原豊樹訳　二〇〇四年　クリスティー文庫

として二年間南極にいたため、事件のことも証人を探していることもまったく知らなかったのだと。

　ジャッコが亡くなった今となってはどうしようもないが、これで少なくともジャッコの汚名は雪《そそ》げる――家族はきっと喜んでくれるだろうとキャルガリは思っていたが、あにはからんや、家族たちは不安と動揺をあらわにする。なぜなら、ジャッコが無実ということは、レイチェルを殺した犯人が他にいるということだから。それもおそらく家族の中に――。

　この始まりからして魅力的だ。一家まるごと容疑者で、しかも動機の面でもアリバイの面でも決め手がない。本書もノンシリーズでポワロもマープルも登場せず、いわば探偵不在のまま登場人物の心理描写が続く。実はそこがポイントで、全員容疑者であるにもかかわらず、全員の視点でそれぞれの心情が描写されるのだ。心の声なのだから嘘はない。にもかかわらず犯人がわからない。

　これは以前に『そして誰もいなくなった』で用いられたのと同じ手法である。ただ、誰の心の声かわからないというところがポイントだった『そして誰もいなくなった』に対し、本書では視点人物がはっきり明示される。従って本書の謎解きのポイントは、〝その言葉をどう解釈するか〟にかかっている。クリスティお得意のダブルミーニング――初読のときの見せかけの意味と、真相がわかってから知る本当の意味――が炸裂している一作だ。

　そんな登場人物たちの心情から浮かび上がるのは、アージル家の親子の関係である。子どもに恵まれなかったレイチェルは五人の養子をとった。ジャッコ

＊南極探検隊
一九五七年秋、クリスティは南極探検経験者が世間から隔絶されたあとで国に戻ると不思議な気持ちになると語った記事を読んで、作品に使うため専門家に確認してほしいとエージェントに依頼している。おりしも一九五七年から五九年にかけてアメリカのチャールズ・R・ベントリー率いる探検隊が南極で探検を行ったため、読者もキャルガリの環境は想像しやすかったのではないか。

はそのひとりである。レイチェルは断じて悪意の人ではない。むしろ安全で裕福な生活を養子たちに与えた。しかし――誰が読んでも〝ああ、これはまずいな〟と思うような〝親心〟がここには登場する。『死との約束』に出てくる母親とはまた違う、むしろこちらの方がありがちな母親かもしれない。

もうひとつ、本書の特徴は冤罪を晴らす物語であるということだ。クリスティは作品の中で常に正義を追求しており、他にも『マギンティ夫人は死んだ』『杉の柩』『五匹の子豚』『復讐の女神』などで冤罪晴らしを扱っている。が、本書はこれらとは明確な違いがある。

これらはいずれも間違った逮捕を正して名誉を回復するという話だった。『マギンティ夫人は死んだ』の冤罪被害者は本書のジャッコのようにまったく同情できない人物だったが、それでもポワロは彼を助けた。それが正義だから。しかし本書はそこからさらに一歩進んでいる。名誉挽回の話ではなく、真犯人がわからないままでは無実の人同士が互いを信じられなくなるという悲劇を描いているのだ。それにより冤罪が何をもたらすか、なぜ正義が行われなければならないのかを考えさせる構造になっているのである。

なお、クリスティは本書の執筆を一時中断して、短編「洋裁店の人形」(『教会で死んだ男』所収)を書いている。これは幻想ホラーだが、なぜ『無実をさいなむ』の途中にこれが生まれたのか、お読みいただければわかると思うのでぜひ。

クリスティは自伝で、自分の作品で好きなのは*『ねじれた家』と『無実はさ

◆トリビア
本作は一九八四年に映画化、日本では「ドーバー海峡殺人事件」というタイトルで公開された。ドーバー海峡出てこないけど。これは一九七四年の「オリエント急行殺人事件」のヒットにあやかって、以降のクリスティ作品をすべて「○○殺人事件」で揃えたことによる。
また、二〇一八年にはBBCでドラマ化されたが、こちらは犯人を原作と変えている。さらにキャルガリがすぐに名乗り出なかったのは、原爆開発に携わったことで精神を病んでいたという、日本の視聴者には感慨深い理由に変更されていた。

＊自分の作品で好きなのは
後年、ここに『動く指』も加わった。

いなむ』である、と語っている。ともに家族の物語だ。日本での評価は比較的地味な部類に入る二冊だが、著者が愛するこの二作をぜひ味わっていただきたい。

第4章　騙《だま》しのテクニックで読む

1　童謡だけじゃない〝見立て〟

見立て殺人とは、有名な歌や物語、言い伝えなどの内容に合わせた形で事件が展開する様式を言う。日本では横溝正史《よこみぞせいし》の『悪魔の手毬唄《てまりうた》』、海外ではS・S・ヴァン・ダイン『僧正殺人事件』が有名だ。

クリスティも本項で紹介する童謡見立て殺人の有名作がある。が、使われ方が正反対なのが面白い。『そして誰もいなくなった』は早々に童謡が意味ありげに提示され、最初の被害者が出た時点で見立ての可能性が大きくなる。従って〝次がある〟ことが予想され、サスペンスと不気味さが増す。翻《ひるがえ》って『ポケットにライ麦を』は、ある程度事件が進んだあとで、これはあの童謡になぞらえているのではないかと気づくパターン。気づいたことで物語が大きく展開する。その使い方の違いをぜひ読み比べていただきたい。

歌詞の内容に沿った見立て殺人はこの二作の他に、短編「三匹のめくらのネズミ」*（『二十四羽の黒ツグミ』所収）がある。死体にピンで留められた紙に、「これが一匹目」という言葉と、三匹のネズミの絵と楽譜が一小節書かれていたというもの。この短編をもとにした戯曲『ねずみとり』は一九五二年からロンドンのウエスト・エンドで上演され、コロナ禍《か》で二〇二〇年に中断されるま

＊**「三匹のめくらのネズミ」**
イギリスでは長い間単行本未収録だったが、一九五八年に「ねずみとり」がイギリス史上一位のロングランを達成したのを機に、出版社は単行本未収録作品を集めた短編集の目玉にしようとした。しかしクリスティはまだ舞台を見ていない人へのネタバレになるとこれを拒否、一作分の穴は「クリスマスの冒険」を「クリスマス・プディングの冒険」に、「バグダッドの櫃の謎」（『砂に書かれた三角形』所収）を「スペイン櫃の秘密」に、それぞれ増量して書き直すことでページ数を調整した。こうして刊行されたのが『クリスマス・プディングの冒険』（一九六〇）である。

で六十八年という世界最長のロングランを続けた（二〇二一年五月から再開）。

内容は見立てでなくても、歌や詩がベースにある作品はさらに多い。特にマザー・グースは頻繁《ひんぱん》に使われている。タイトルや章題をマザー・グースから採ったものには『ねじれた家』『マギンティ夫人は死んだ』『五匹の子豚』『愛国殺人』（原題は *One, Two, Buckle My Shoe*）などがある。クリスティが最初にマザー・グースを作品に使ったのは一九二九年の短編「六ペンスの唄」（『白鳥の歌』所収）。同じ童謡は一九四〇年の短編「二十四羽の黒ツグミ」（『二十四羽の黒ツグミ』所収）と『ポケットにライ麦を』にも使われている。

ストーリーに直接の関係はないがマザー・グースが作中で引用されるものに至っては、『ゼロ時間へ』『NかMか』『七つのダイヤル』『殺人は容易だ』『葬儀を終えて』『ヒッコリー・ロードの殺人』（一九五五）『カリブ海の秘密』などなど、枚挙に遑《いとま》がない。特に『NかMか』での使われ方はとても印象的で、いつまでも耳に（目に？）残る。

他のイギリスのミステリにもマザー・グースの見立てや引用が多いことを考えると、どれほどマザー・グースがかの国の文化に根付いたものだったかがわかる。その嚆矢《こうし》は一九二四年、イーデン・フィルポッツ*がハリントン・ヘクスト名義で発表した『だれがコマドリを殺したのか？』とフィリップ・マクドナルド『鑢《やすり》』だと言われている。誰が殺したクック・ロビン、というフレーズは日本でもお馴染みだ。思わず手を叩きたくなるが。

だがクリスティの〝見立て〟は童謡にとどまらない。

＊イーデン・フィルポッツ
クリスティは十代の頃（その頃はクリスティではなかったが）、フィルポッツの隣家に住んでおり、その縁でデビュー前の習作を読んでもらい助言と励ましを受けた。作家・クリスティの生みの親と言っていい。『エンド・ハウスの怪事件』にはフィルポッツへの謝辞が載せられている。また、マザー・グースの「誰がコマドリ殺したの」に続くフレーズをタイトルにしたのが、エリザベス・フェラーズの『私が見たと蠅は言う』（ハヤカワ・ミステリ文庫）。

『だれがコマドリを殺したのか？』

イーデン・フィルポッツ著　武藤崇恵訳　二〇一五年　創元推理文庫

たとえば『鏡は横にひび割れて』は、テニスンの詩「シャロットの姫」の見立てだし、『動く指』はペルシャの学者にして詩人のウマル・ハイヤームの四行詩集「ルバイヤート」がベースにある。ちなみに『動く指』では作中でマザー・グースも引用されている。

マザー・グースに次いでクリスティ作品に用いられているのがシェイクスピアだ。『死との約束』は「シンベリン」という戯曲の葬送歌の一節で物語が締め括《くく》られる。マイナーな演目だが親と子の関係が軸《じく》になっており、『死との約束』との共通点が見られる。『春にして君を離れ』はシェイクスピアのソネットから。また、『ポアロのクリスマス』『杉の柩』『親指のうずき』などにもシェイクスピアの引用があり、その世界観の基礎になっている。

こういった作品では版によっては*冒頭にエピグラフとして詩の一節が引用されている。有名な詩をエピグラフにするのは別段珍しくないが、これが油断できないのだ。そのエピグラフにダブルミーニングが仕込まれている作品もあるのだから。それだけでも驚くのに、さらにその仕掛けは献辞との合わせ技になっている。どれのことか、ぜひ探してみていただきたい。ただし初読ではわからない。真相を知って初めて〝そのまんまじゃないか！〟と気づけるようになっている。クリスティのほくそ笑む顔が目に浮かぶようだ。

『鑢』

フィリップ・マクドナルド著　吉田誠一訳　一九八三年　創元推理文庫

＊版によっては
翻訳の底本にした版にエピグラフが載っているかどうかで変わる。てか、そもそもなぜエピグラフをはずした版があるのかわからない。勝手にはずしていいものなのか？

▼見立て殺人におののく二冊

『そして誰もいなくなった』（一九三九）

Ｕ・Ｎ・オーエンという見知らぬ人物に招かれて、八人の男女が孤島に降り立った。島では夫婦ものの使用人が客人を迎えたが、この夫婦もＵ・Ｎ・オーエンに雇われたばかりだという。

彼らが通された部屋には、小さな兵隊さんがひとりずつ減っていくという有名な童謡の歌詞が書かれた額が飾られ、ダイニングルームには十体の兵隊の人形が飾られている。

そして迎えた夕食の後、突然、奇妙な声が鳴り響いた。使用人を含めた十人ひとりひとりの過去の罪を告発するものだ。その直後、客のひとりが童謡の歌詞とよく似た状況で、突然倒れる。それが始まりだった。彼らはひとりずつ歌詞の通りに殺され、そしてそれに呼応するように人形の数が減っていく……。

童謡見立て殺人の超有名作であるとともに、クローズドサークルものの傑作だ。っていうかもう説明要らなくない？　と思うくらい語られ尽くしているので何も加えることはないのだが、とにもかくにも現代ミステリの〝定番〟を作った金字塔であることは間違いない。今や孤島に集まれば順番に死んでいくのがお約束。その始まりはここなのだ。

見立ての効果は明白だ。もう一人目から〝あの童謡の見立てだ〟というのが

『そして誰もいなくなった』
青木久恵訳　二〇一〇年　クリスティー文庫

わかる。となれば十人殺される予定（?）というのもわかるし、必然的に次は誰なのか、限定された環境でどのように歌詞に合わせるのか（「クマにだきしめられて」なんて歌詞もあるのに！）と、興味を惹かれるわけだ。真正面からの見立て殺人ものである。

だがやはり本書最大の特徴は〝全員が視点人物を務め、全員の心の声が描写されているのに、犯人がわからない〟というテクニックにある。いや、普通に考えて、そんなことある?

あるんだな、クリスティなら。

このテクニックは他の作品でも使われている——というかクリスティの得意技なのだが、本書は特にテクニカルだ。視点人物として内面が描写されるのに加え、生存者全員が揃う場面では誰が誰の心の声か説明されないまま全員の内心の考えが羅列《られつ》される場面もある。それでも犯人が誰かわからないのである。わからないように書いているのである。しかもフェアに。

犯人がわかったらもう一度最初から読み直していただきたい。特にある人物のパートを再読すれば、クリスティがいかに細部にわたって慎重に言葉を選んでいるかに気づいて驚くはずだ。しかもそういう企《たくら》みに満ちた文章の多いこと！　だからこそ、翻訳者の苦労が偲《しの》ばれる。原文では男女の区別がつきにくいが、日本語訳ではそうはいかないのも厄介。どれほど訳すのがたいへんかは、若島正『乱視読者の帰還』*の「明るい館の秘密」をご参照ください。

クリスティがトリックではなく〝騙《かた》り〟で読者を翻弄《ほんろう》する、それが顕著に出

＊若島正『乱視読者の帰還』　評論「明るい館の秘密」（初出は一九九六年十二月「創元推理」）で若島さんは従来の翻訳における問題点を指摘した。それまで「サスペンスとしては面白いけど本格としてはややアンフェア」と思われていたこの作品が、実は本格ミステリとしてもたいへんフェアなものだったことを証明、その指摘を受けて二〇一〇年にクリスティー文庫から青木久恵さんによる新訳が刊行された。

た作品である。全員死ぬ（というのはタイトルで書かれているのでネタバラシにはならないだろう）のにその中に犯人がいるというのは強烈に魅力的な謎だが、それを成立させるためにクリスティはその文章技術を駆使しているのだ。

興味深いのは、ここにもともと使われていた童謡“Ten Little Niggers”には最後のひとりの運命が異なる二通りの歌詞があること。クリスティ自身による本書の戯曲化ではもうひとつの歌詞を使っているため、結末が小説とは大きく異なっている。実は映像作品*で小説バージョンの結末が採用されたのは、確認した限りでは一九八七年のソ連版、二〇一五年のイギリスBBC版、二〇一七年の日本のテレビ朝日版の三作だけなのだ。

なお本書は、当初「十人の黒人」だったのが差別表現にあたるとされ「インディアン」に、そして現在では「兵隊島」「兵隊人形」へと変わってきた。そのため、もともとの設定に引っ掛けたイディオム*や会話との整合性がとれなくなった箇所があるのが少々残念ではある。

『ポケットにライ麦を』（一九五三）

投資信託会社社長のフォーテスキュー氏が、オフィスで突然倒れ、死亡した。朝食のときに毒物をとった可能性が高い。また、彼の上着を調べるとポケットに大量のライ麦*が見つかった。続いて妻のアデルも毒殺され、さらには小間使いのグラディスまで無惨《むざん》な絞殺死体となって発見される。しかもグラディスの

＊映像作品
さまざまなバリエーションがあり、一九六五年の映画「姿なき殺人者」では雪山、一九七四年の伊独仏西英の共同制作映画ではイラクの砂漠のホテル、一九八九年の映画「サファリ殺人事件」は舞台をアフリカに移している。確かにクローズドサークルさえあれば島である必要はないんだが……。ちなみにインドでも四度映画化されており、見た限りではほぼ原形はとどめていないのだが、一九六五年公開のGumnaamではボリウッド映画らしく歌って踊る場面がある。そんな陽気な『そして誰もいなくなった』、ある？

＊もともとの設定に引っ掛けたイディオム
作中である人物が「黒人島」にかけて“There's a nigger in the woodpile.”という慣用句を口にする。思わぬ障害、邪魔者、という意味だ。Niggerが使えなくなった後は同じ意味の諺“a fly in the

鼻はなぜか洗濯バサミで挟まれていた。
グラディスはかつてセント・メアリ・ミード村でミス・マープルが行儀作法を教えた娘だった。このニュースを知ったマープルは怒りを胸に水松荘《イチイ・ロッジ》を訪れ、警察に協力を申し出る。そしてこの連続殺人が「六ペンスの唄」を模していることを告げた——。

ポケットにライ麦が入っていた、という最初の殺人の段階でイギリス人ならすぐに歌が思い浮かぶだろう。日本だとそうはいかないかもしれないが、見立てらしいぞ、ということは序盤でほのめかされているのだ。しかしこの見立ての使い方の捻《ひね》り具合たるや！　本書の鍵は〝なぜ犯人は童謡に見立てて殺人を行ったのか〟に尽きる。

さて、設定だけ見れば、クリスティお得意のお家騒動ものである。金持ちにして嫌われ者だった当主が殺される。家族は若い後妻、金にうるさい長男、退屈しきっているその妻、父に追い出された放蕩者《ほうとうもの》の次男、父に結婚を反対された娘、被害者の悪行を軽蔑《けいべつ》しきっている前妻の姉。しかも使用人たちも個性的で油断できない。クリスティが何度も繰り返し使ってきた、家族全員容疑者のパターンである。見立ての使い方はトリッキーだが、設定も展開も実にクリスティらしい作品と言っていい。

だが、ある一点において、本書はクリスティの作品群の中でも異彩を放つのだ。

まさかクリスティに泣かされるとは思わなかった。

ointment〟に置き換えられたが、島の名前と関係がないので唐突に見える上に、オリジナルの言葉に込められたあるヒントも消えてしまった。他にも、インディアン島／兵隊島なのに、唐突に黒人が引き合いに出される会話がそのまま残っていたりもする。

『ポケットにライ麦を』

山本やよい訳　二〇二〇年　クリスティー文庫

騙《だま》しのテクニックに感心したことは数知れない。探偵は魅力的だし、古き良き大英帝国の描写も興味深い。クリスティの楽しみ方はいろいろある。だが最後に泣いたのはこれだけだ。

本書のマープルは、静かに激しく怒っている。だが水松荘ではその怒りをいっさい表に出さない。いつもの田舎のおばあちゃんのまま、編み物をしながら容疑者たちの懐《ふところ》に入っていく。そして謎解きをしたあと、犯人の逮捕を確かめることなく、その後の家族を見届けることもなく、役目は終わったとばかりにマープルは水松荘を去る。

マープルがセント・メアリ・ミード村に帰る前にある人物と会話を交わす場面がある。ここでまず、切なさにヤラれる。そしてとどめはラストだ＊。悲しく、やるせなく、皮肉で、けれどもうどうしようもない一文。泣かされたのは、ここだ。無邪気な魂の、なんと哀れなことか。

このラストは、推測に過ぎなかったことに物証が出たという意味はあるものの、ミステリの展開としては別になくてもかまわない場面ではある。けれどこのラストがあることで、物語はありがちなお家騒動からがらりとその様相を変え、読者の胸に突き刺さる。前段の会話も、このラストも、〝知らない〟ことの悲劇と皮肉に満ちているのだ。

そしてマープルもまたここで、悲しみと憤《いきどお》りを新たにする。けれど悲しみと怒りの感情の後に彼女に訪れた感情こそ、後期マープルの進む道を示唆《しさ》するものだ。『カリブ海の秘密』の項でも書いたように、初期の田舎のおばあちゃ

＊グラディス
なぜかクリスティ作品のメイドはグラディスという名前であることが多い。本書の他にも『未完の肖像』『ミス・マープル最初の事件　牧師館の殺人』「負け犬」（『死人の鏡』所収）「レルネーのヒドラ」（『ヘラクレスの冒険』所収）「申し分のない女中」（『愛の探偵たち』所収）「二十四羽の黒ツグミ」（『クリスマス・プディングの冒険』所収）にもメイドや下働きのグラディスが登場する。実はぜんぶ同一人物だったりすると面白いが、もちろんそんなことはない。

＊とどめはラスト
ミス・マープルのドラマは、ジョーン・ヒクソン主演のBBC版が原作に忠実、ジェラルディン・マクイーワン（第4シリーズからはジュリア・マッケンジー）主演のITV版は大きく改変しているという傾向があるが、本作については逆。ITV版が原作通りで、BBC版は結末を大きく変えてきた。そのためBBC版ではラストのア

んからマープルは徐々に変貌を遂げ、正義の執行者となる。その大きな転換点がこの物語なのである。

レが登場しない。ちょっと残念。

◆トリビア

本書の執筆前、クリスティは転んで手首を骨折し、タイプライターが打てなくなった。そのため本書はディクタホン（『アクロイド殺害事件』に出てきたアレだ！）を使って口述を録音するという方法が採られた。同居していたロザリンドは毎日母の部屋から流れてくる『ポケットにライ麦を』を聞いていたが、なんと序盤で真相がわかったという。また、チャーリー・オズボーンも *The Life and Crimes of Agatha Christie* の中で、本書は序盤に「やりすぎた一文」があると指摘している。

2　二種類ある、回想の殺人

　過去の事件で未解決のもの、あるいはすでに決着したと思われていたものを調べ直し、解決する——それが〝回想の殺人〟*だ。

　過去の事件なので、指紋や遺留品といった物証を新たに探すことは難しい。今から遺体を解剖することもできない。頼りになるのは人の記憶と記録だけ。しかも時間が経てば経つほど、その記憶も曖昧《あいまい》になってくる。証言を取ろうにも、関係者がすでに亡くなっていることもある。つまり限られた情報から何を見出し、どう解釈し、どのように再構築するかがポイントになるわけだ。純然たる頭脳プレイである。

　第二次大戦前後あたりからどんどん科学が発達し、警察も最新の科学捜査を取り入れるようになった。探偵が推理してああだこうだ言うより、より精度が高くなっていく指紋や血液型鑑定、果てはＤＮＡ鑑定で一発解決という時代も来る。黄金時代に一世を風靡《ふうび》したクラシカルな名探偵が時代遅れになっていく。クリスティのみならず多くのミステリ作家は、警察ではなく探偵でなくてはならない理由を考えねばならなくなった。

　そんな中、この〝回想の殺人〟は、警察なら切り捨ててしまうであろう不確

＊〝回想の殺人〟
回想の殺人モノとしては、エラリー・クイーン『フォックス家の殺人』（ハヤカワ・ミステリ文庫）が『五匹の子豚』と発表年が近くよく比較される。他におすすめは、キャシー・アンズワース『埋葬された夏』（創元推理文庫）、ジョエル・ディケール『ハリー・クバート事件』（同）、日本だと恩田陸『木曜組曲』（徳間文庫）や降田天『すみれ屋敷の罪人』（宝島社文庫）など。

かな記憶や矛盾する証言をヒントに、別の解釈を作り上げるわけだ。それは科学捜査では不可能なアプローチと言っていい。警察の捜査では解決できなかった真相解明を頭脳プレイのみで成し遂げるこのジャンルは、まさに古き良き名探偵にぴったりではないか。

では具体的に作品を見てみる――と、ここに興味深い特徴がある。クリスティの〝回想の殺人〟ものはふたつの時期に集中しているのだ。ひとつは戦時中、そしてもうひとつは晩年に書かれたシリーズの実質的最終作である。

このジャンルの最高傑作『五匹の子豚』、一年前の事件の解明が現在の事件につながる『忘られぬ死』、そしてクリスティの死後に出版された『スリーピング・マーダー』の三作はどれも戦時中の執筆だ。戦争の項で書いたように、小説も時代と無縁ではいられない。内容に注文が入ったり、イデオロギー色の強いものは出版に待ったがかかったりする。戦時下でベルギー難民のポワロがイギリス人の犯罪を暴く話は書きにくかっただろう。また、『スリーピング・マーダー』はポワロものの『カーテン』とともに、空襲が激しくなったとき万が一を考えて書かれたシリーズ最終作である。いつ出版されるかわからないのだから時代設定には悩んだのではないか。

そんなとき、過去の事件を調査する回想の殺人は、時代性を排除できる格好の設定だった。いわば緊急避難である。

一方、晩年の作品はどうか。ポワロものの実質的な最終作『象は忘れない』（一九七二）は十数年前の夫婦の無理心中について、どちらが相手を殺したの

『埋葬された夏』

キャシー・アンズワース著　三角和代訳　二〇一六年　創元推理文庫

『ハリー・クバート事件』

ジョエル・ディケール著　橘明美訳　二〇一六年　創元推理文庫

かを知りたいという依頼をポワロが受ける物語だ。トミー&タペンスの最終作『運命の裏木戸』は、終《つい》の住処《すみか》として引っ越してきた田舎の家で、古本の中から「メアリ・ジョーダンの死は自然死ではない」「犯人はわたしたちの中にいる」という半世紀前の奇妙なメッセージを見つけるという幕開け。

ちょっとイレギュラーなのがミス・マープルの実質的な最終作『復讐の女神』だ。マープルはある犯罪を調査してほしいと言われてバスツアーに参加するのだが、その犯罪が何なのかがわからないのである。だんだんわかってくる過程が最初の読みどころなので、これもまた回想の殺人ものである、ということだけ言っておこう。

回想の殺人は名探偵向き、と言っておきながら申し訳ないが、実はこれら晩年に書かれた回想の殺人ものは、謎解きの手法というよりクリスティ自身の郷《きょう》愁《しゅう》に依《よ》って立つところが大きい。いずれもシリーズ過去作への言及が多いことからも、それがわかる。

ロバート・バーナードが著者『欺《だま》しの天才』（秀文インターナショナル）で使った言葉を借りるなら、戦時中に書かれた三作が「過去の調査」、晩年の三作は「過去への旅」だ。そこには成り立ちに明確な違いが存在するのである。

▼回想の殺人を味わう二冊

『五匹の子豚』（一九四二）

『五匹の子豚』
山本やよい訳　二〇一〇年　クリスティー文庫

十六年前に夫殺しで有罪判決を受け、獄死した母は無実だと証明してほしい——若い女性、カーラ・ルマルションからポワロはそんな依頼を受けた。殺されたのは画家のエイミアス・クレイル。絵のモデルを務めたエルサと恋仲になり、妻のキャロラインに別れを切り出したことで、キャロラインから毒殺されたことになっている。

ポワロは事件当時にクレイル家にいた五人——エイミアスの親友フィリップとその兄メレディス、エルサ、キャロラインの妹のアンジェラ、アンジェラの家庭教師のミス・ウィリアムズ——を訪ね、それぞれの当日の記憶を手記にしてもらった。五人のうち、キャロラインの無実を信じているのは妹のアンジェラだけ。はたして本当にキャロラインは無実なのか。証言と手記だけを手がかりに、ポワロが謎に挑む。

この五人の手記*が実に興味深い。五人の容疑者がいて手記を書きました。ひとりだけ嘘をついてる人がいます、さて誰でしょう——というようなシンプルな話ではないのだ。真犯人を除くほとんどの人は、嘘をついているという自覚はない。勘違いだったり思い込みだったり、あるいはそうであってほしいという希望がいつのまにか自分の中で事実にすり替わっていったりする。それをポワロは、嘘でないならなぜこの人物はそう思い込んでしまったのかを推理していくのだ。つまり手記の矛盾や記憶違いが、謎解きの伏線になっているのである。

ここから何が読みとれるか。人の記憶がいかに当てにならないか、というこ

タイトルと章題はマザーグースの"This Little Piggy"から。勘違いされがちだがチャールストンではない。

＊五人の手記
フィリップの手記の中に、アンジェラがエイミアスに「不治の病にかかって死ねばいい」と悪態をつく場面がある。原文ではleprosy（ハンセン病）とはっきり病名が出ているが、差別問題を鑑みてぼかした翻訳になったと思われる。しかし、ここでハンセン病という言葉を削ったため、後段でサマセット・モーム『月と六ペンス』の話が出てくる意味が通じにくくなった（『月と六ペンス』にはハンセン病の画家が登場する）。

とがひとつ。そして、人間って自分の都合の良いように思い出を作ってしまうんだなあ、自分の見たいものだけを見て*信じたいものだけを信じるんだなあという、普遍的な人間心理だ。

　五人の手記や捜査関係者がそれぞれ他者をどう描写しているかに注目願いたい。キャロラインについて、ある人物は魅力的でしとやかなレディだと言う。別の人物は利己的で計算高い女だという。またべつの人物は癇癪《かんしゃく》持ちだという。同じ人物のことを言っているとは思えないではないか。もちろんそこには理由がある。そしてこういった〝自分の思いたいように思う〟心理に、ポワロは謎解きの端緒《たんしょ》を見つけるのだ。

　ところで本書の過去の事件が十六年前、というところに引っかかる。本書が書かれた十六年前――一九二六年といえば、クリスティの前夫・アーチーが浮気をしてクリスティに離婚を切り出した年である。エイミアス・クレイルとアーチボルド・クリスティはイニシャルが同じだし、娘がひとりいるというのも同じ。クリスティとキャロラインの造形はまったく異なるが、妹のアンジェラはエジプト考古学でひとかどの有名人という設定である。

　偶然でここまで揃《そろ》うものだろうか？　少なくともリアルタイムで本書を読んだ当時のファンは、この設定にクリスティの過去を重ねずにはいられなかったはずだ。これはクリスティが過去をネタにできるくらい立ち直ったのか、それとも実はめちゃくちゃ執念深くて小説で前夫に復讐したのかなどと考えて、自伝やインタビューを調べた（言及しているものはなかった）のだが、八十年前

＊自分の見たいものだけを見て
つまり、他者を語るとは自分を語ることに他ならない。自分はこういう価値観を持って、こういう考え方をする人間なんですよと説明しているのに等しいのだ。怖い怖い。

に作家が何を考えたのかを推理する行為こそ〝回想の殺人〟だと気づいて、思わず笑ってしまったのだった。

『スリーピング・マーダー』（一九七六）

住む家を探していた新婚のグエンダは、ディルマスで理想にぴったりの住居を見つけた。ヒルサイド荘というその家の購入を決め、仕事で遅れてやってくる夫の到着までに改装を済ませようと張り切る。

しかし、初めて訪れた場所のはずなのに、庭の通り道の場所や居間と食堂の間のドア、戸棚の内側の壁紙などが妙に彼女の記憶を刺戟《しげき》してくる。自分はこの家を知っているのでは？　そしてついにグエンダは、この家で殺人を見たという記憶を蘇《よみがえ》らせる。被害者の名前まで浮かんできたのだ。これは本当にあったことなのか、それとも夢か何かで見たものがごっちゃになっているのか？　たまたま知り合ったミス・マープルはその話を聞き、過去の事件は寝かせたままにしておくようグエンダに忠告するのだが……。

前述したように、出版はクリスティの死後だが、執筆は戦時中だった。自分に万一のことがあった場合を考え、ポワロの『カーテン』とともにシリーズの最終作として書かれた作品である。

ここまでマープルものを読んできた読者は、『ポケットにライ麦を』を境に、彼女が田舎のおばあちゃんから正義の執行者へと変貌する様子を見ている。だ

『スリーピング・マーダー』

綾川梓訳　二〇〇四年　クリスティー文庫

◆**トリビア**
当初のタイトルはCover Her Faceだったが、一九六二年にP・D・ジェイムズが同じ題の作品（邦題『女の顔を覆え』ハヤカワ・ミステリ文庫）を刊行。タイトルの変更を余儀なくされた。

が本書に登場するのはまだ変貌前のマープルだ。しかも、一九六二年に出た『鏡は横にひび割れて』では旧友のバントリー大佐がすでに亡くなっていたり、その夫人がカントリーハウスを手放したりしているのに対し、本書ではそれらも昔の状態に戻っている*。回想の殺人により時代性を排したはずが、思わぬところで先祖返り（?）する結果となった。

だが、これが悪くない。ああ、マープルってこうだった、と懐かしい気持ちになるのである。おせっかいで噂好きの無害なおばあちゃんを装い、料理だの編み物だのの他愛のない世間話の中から情報を集めていく。前に出過ぎず、実はもうすべてわかってるんだけどそれを隠して若者を見守る。ここには『動く指』や『書斎の死体』のマープルがいるのだ。気のいい料理人のおかみさん、サボってばかりの庭師、ゴシップ好きの店員もいる。『カーテン』がまさにポワロの〝最終作〟という内容なのに対し、こちらはマープルの（結果として）原点回帰でシリーズが締め括られるのである。

物語の魅力はなんといっても、初めてのはずの家なのに記憶がある、というスリリングな導入部だ。家を好みの形にしつらえることにワクワクするグエンダの生活感あふれる描写（こういうリアルな生活感はマープルものの持ち味だ）の中に、ふっと忍び寄る記憶という名の不穏な影。そこから夫と二人三脚で真相探しに奔走するくだりも、トミー&タペンスを彷彿《ほうふつ》させる*明るい行動力の中に時折、真実を知る不安と恐ろしさが顔を出す。犯人のおぞましい狂気に対抗するマープルの〝武器〟の楽しさ。コージーとホラーが互いを邪魔するこ

***昔の状態に戻っている**
このことやプライマー警部との会話などから、舞台は一九四五年あたりの設定ではないかと思われる。警部がマープルに「牧師館の書斎で教区委員が射殺された事件」や「リムストックの近くで起こった小さな中傷の手紙事件」で彼女の話を聞いていると告げるが、前者は『ミス・マープル最初の事件 牧師館の殺人』、後者は『動く指』のこと。

となく、むしろ相乗効果を生み出すような絶妙な按配《あんばい》で同居しているのである。

　ほぼ同時期に書かれた『五匹の子豚』では証言者のあやふやな記憶を手がかりにポワロが真相に迫っていくが、本書は主人公自身の記憶があやふや、という対比も面白い。

　だが回帰ばかりではない。真相にかかわる部分で、はからずもマープルの実質的な最終作『復讐の女神』との類似もここには見てとれる。本書は最終作であるとともに原点回帰であり、そして〝過去〟と〝未来〟を結ぶ作品でもあるのだ。

＊トミー&タペンスを彷彿させる
第十章でグエンダがサナトリウムを訪れたとき、ある老婦人に会う。その老婦人はミルクのコップを持って現れ、暖炉の後ろに子供がいるというようなことを言う——。これは《トミー&タペンス・シリーズ》の『親指のうずき』、及びミセス・オリヴァー単独出演作『蒼ざめた馬』に登場する老婦人とまったく同じ行動。『親指のうずき』ではその言葉が思わぬ事件に発展するのだが、本作ではさらりと流される。

3　ミステリの華、意外な犯人

とは言うものの。ミステリにおいて犯人が意外なのはあたりまえだし、中でもクリスティは『アクロイド殺害事件』や『オリエント急行の殺人』*のような、いわば飛び道具の〝意外な犯人〟を作り出しているわけで、誰が犯人であってもそれらと比べたら今更——と思われるかもしれない。

しかし意外な犯人とは、飛び道具ばかりではない。意外性を演出する方法としてよく使われるのは、読者が無意識のうちに容疑者から除外する人物を犯人に据えるという方法だ。

たとえば、事件の被害者*。狙われたり死にかけたりして探偵に助けを求めにきた人物が実は犯人だったというパターン（依頼者＝犯人は私立探偵小説*にも多い）。または、事件を調べる側が実は犯人だったというケースもある。警察や、素人《しろうと》を含む探偵役、さらには彼らの助手といった、事件を追う立場の人たちだ。他にも、もう死んだ（と思われていた）人とか子どもとか、謎解きの場面で初めて名前が出てくる人が犯人というものまである。そういえば、これはクリスティではないが、動物が犯人（人？）という超有名古典もあったな。

これらの人々は、前提条件としてそもそも容疑者からはずされるものだから、

＊『アクロイド殺害事件』や『オリエント急行の殺人』
だが、なんだかんだ言ってもこの二作がクリスティのトップ・オブ・意外な犯人であることは間違いない。これに『カーテン』を加えてトップ3だが、『ねじれた家』の犯人も意外性という点では随一だ。

＊たとえば、事件の被害者
ここで紹介したのは動物を除いてすべてクリスティの作品で使われている。それぞれどの作品か言いたいが、さすがに言えない。それまで名前が出てきていない人物が犯人と名指しされたときには思わず「誰っ？」と声に出したぞ。

彼らが意外な犯人になるというのは納得していただけるだろう。「いや、普通に疑うよね？」と思ったあなた、それはクリスティをはじめとした過去の当該作をすでに知っているからですよ？

そんな擦《す》れた（失礼）ミステリ読みでも、クリスティには騙されてしまう。なぜか。読者の盲点を突くような一捻りがあるからだ。代表的なテクニックをふたつ紹介しよう。

ひとつは、一周回って最も怪しい人物が結局犯人だった、というケース。ミステリに慣れた読者は〝いかにも怪しい人は犯人じゃない〟という先入観を持っている。動機はある、アリバイはない、人間性も信用できない、警察や関係者が真っ先に疑うような人。それがそのまま犯人だったらミステリにならない……と思うじゃん？　ところがクリスティはそういう人を用意しておいて、一度疑わせた上で無実の証拠を出す。そうだよね、そのままこの人が犯人のはずがないよね、と思わせておいてもう一度ひっくり返すのだ。この方法が使われた作品は、実は決して少なくない。

もうひとつは、紋切《もんき》り型の人物の使い方。

クリスティの作品には〝いかにも〟な脇役がよく登場する。噂話が大好きなおばさん、おっちょこちょいのメイド、気のいい料理人、放蕩息子、男を誘惑する色っぽい美女、ぶっきらぼうで昔気質《むかしかたぎ》の大佐、謹厳実直な執事や女中頭、などなど。フィクションに欠かせないこういった〝お決まりの人物〟が、時にはコメディリリーフとして読者を和《なご》ませ、時には物語の雰囲気を演出するのに

＊**私立探偵小説**
ある有名な私立探偵は特にこのパターンが多い、結局依頼料がもらえないのにどうやって生計を立てているのか不思議である。

一役買う。彼らは舞台装置のようなものだ。従って、裏があるとは読者はなかなか考えない。その隙をクリスティは突いてくるのである。

紋切り型の利用については、人物だけではない。夫婦に割って入って夫を誑《たぶら》かすのは〝悪い女〟だし、年の離れた金持ちと結婚するのは〝遺産狙い〟だ。顔がつぶされていたら被害者の入れ替わりを予想するし、怪しい人物が犯行時刻にその場所にいなければアリバイトリックを考える。そんなお約束もクリスティの手にかかれば意外な形に変貌する。そうして読者は叫ぶのだ。〝そっちだったの？〟*と。

つまりクリスティの〝意外な犯人〟とは、飛び道具もそうでないのも一様に、読者の思い込みを逆手《さかて》にとった結果なのだ。こういうキャラはこういう役割、こういう設定はこういうお約束——そんな先入観をクリスティはすべて騙しのテクニックに利用する。ミステリに慣れている人ほど、物語のパターンに精通している人ほど、騙されるのである。

これもまた、クリスティのミステリが時代を問わず読者を驚かせる理由なのだ。

*そっちだったの？
トップ・オブ・そっちだったの？は『書斎の死体』だと思うが、このパターンは他にも多々ある。つまりはめくらましが巧い、ということだ。

▼意外な犯人に驚く二冊

『三幕の悲劇』（一九三四）　※別題『三幕の殺人』

元俳優カートライトの邸宅で、友人たちが集《つど》ってのパーティが開催された。

ところがカクテルを飲んだ老牧師が倒れ、死亡する。カートライトは殺人の可能性を訴えるが、そこにいた医者も、そしてポワロも事件性はないと考え、結局、急な病死として処理される。

ところがその後、別のパーティで、その医者が同じような状況で死亡。こちらは毒殺と診断された。ということは老牧師の件もやはり殺人だったのか？

カートライトと、彼のパトロンのサタスウェイト氏*（『ハーリー・クィンの事件簿』の語り手の彼だ）、そしてカートライトに恋するエッグの三人が謎解きに乗り出した——。

読んでいてじりじりする作品だ。タイトルにもなっているのでこれは言ってもいいと思うが、殺人は三件起きる。三人組がいろいろと調べて、その度にさまざまな発見があり、特に一件についてはそれっぽい容疑者も出てくるのだが、どうにもそこから先に進まないのである。何より三件の殺人のつながりがわからない。

と書くと、『ABC殺人事件』を思い出されるだろう。実際、この二冊はごく近い時期に執筆されており、『ABC殺人事件』は本書の発展形*と言える。同じ〝動機不明の連続殺人〟を違った趣向で見せてくれているのである。

そして解決編を読めば、そのじりじりする感じすらもクリスティの企みだったことがわかる。極上の〝そっちだったの？〟が仕掛けられているのである。

主要人物が元俳優や劇作家、パトロン、舞台衣装を手がける洋装店主などで、物語の構造も〝三幕〟と芝居に準《なぞら》えているが、それすらもトリックに寄与して

『三幕の悲劇』

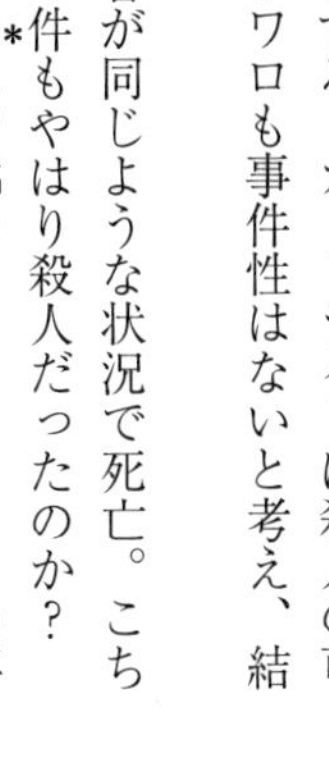

西脇順三郎訳　一九五九年　創元推理文庫

＊サタスウェイト
作中で「犯罪捜査は初めてではない」と語る場面があるが、これは『ハーリー・クィンの事件簿』の「鈴と道化服亭にて」のこと。

＊『ABC殺人事件』は本書の発展形
もうひとつ、同じ時期に続けて書かれたのが『大空の死』。『三幕の悲劇』と『大空の死』には共通するトリックが使われている箇所がある。『大空の死』の中でポワロが同じような経験をしたと語っているのはこの話のこと。

いるのだ。真相がわかって最初に戻ると、とてつもなく早い段階で、ほぼ真相と言ってもいいようなヒントが出されていることに気づくだろう。

実は本書にはもうひとつ、〝そっち？〟と言いたくなる要素がある。イギリス版とアメリカ版で、犯人の動機とラストの行動が違っているのだ。早川書房のクリスティー文庫・新潮文庫・角川文庫はイギリス、創元推理文庫はアメリカ版を底本にしているので、ぜひ読み比べていただきたい。

ただし、初版では英米でタイトルも違っていた（英：*Three Act Tragedy*、米：*Murder in Three Acts*）のが、版元や版型を変えて何度も出されるうちに英版タイトルで中身は米版、あるいはその逆のものが出てきたと思われる。というのも、創元推理文庫版は、中身は米版なのに底本のタイトルは *Three Act Tragedy* だし、初期の早川書房版は *Murder in Three Acts* を底本にしながら中身は英版なのだ（早川書房は一九七五年のポケミス新版から底本が *Three Act Tragedy* に変わった）。ややこしい。

まずアメリカで発表され、そのあとで英版が出されたので、おそらくは英版がクリスティにとっての決定版なのだろう。現在流通しているのも英版の方だ。しかし私はどちらかといえば米版を推したい。米版の動機につながる複数の伏線がなかなかドラマティックかつ巧妙なのである。英版では動機が変更されたため、この伏線部分はまるっとカットされた。もったいない。

映像作品も、イギリスのデビッド・スーシェ版は英版を、アメリカのピーター・ユスチノフ版は米版を原作としているので見比べるのもいい。そのために

◆トリビア

新潮文庫版『三幕殺人事件』の解説で訳者の中村妙子さんが、牧師殺害事件の時系列に矛盾があるという興味深い指摘をしている。大事な部分の辻褄は合っているので大きな問題ではないが、確かにそこはクリスティのうっかりミスだ。

◆トリビア

本書にはポワロが過去を語る場面があるのが興味深い。ベルギーからイギリスに亡命してきて、世話になった婦人が殺されたというのは『スタイルズ荘の怪事件』、ベルギー時代に過ちを犯したというのは「チョコレートの箱」（『ポワロの事件簿2』所収）のこと。

もできれば創元推理文庫版を復刊*してほしいのだが。

『カーテン』（一九七五）

ポワロからの呼び出しを受け、ヘイスティングズは懐かしきスタイルズ荘へ向かっていた。ふたりが初めての事件を手がけた、記念すべき場所だ。当時はカントリーハウスだったスタイルズ荘も時代の流れには逆らえず、今ではゲストハウスとして人手に渡っており、ポワロは客として滞在しているのである。

ところがヘイスティングズが到着してみると、ポワロは病で車椅子から動けない状態。しかもスタイルズ荘には、これまで何度も殺人事件にかかわった人物が滞在しており、きっとここでも事件が起きるだろうから自分の代わりに動いてほしいと言う。

そう言いながらもポワロは「あなたは顔に出るから」とその人物が誰かは教えてくれない。とりあえずヘイスティングズは滞在者たちを観察することにしたのだが……。

マープルものの『スリーピング・マーダー』同様、自分の死後に発表されることを想定して戦時中に書かれたエルキュール・ポワロ、最後の事件である。『スリーピング・マーダー』が〝いつものマープル〟だったのに対し、こちらはとてつもない大技と衝撃のラストが待ち受けている。まごうかたなき傑作だが、これはポワロの作品を、代表的なものだけでもいいので読んでおいた方が

＊創元推理文庫版を復刊
がんばります……！（編集部S）

『カーテン』

田口俊樹訳　二〇一一年　クリスティー文庫

いい＊。シリーズ読者の方が、このサプライズの真髄《しんずい》を味わうことができる。読者の思い込みをこれほどまで見事に逆手にとった例はない。

まず、舞台とその設定が素晴らしい。あのスタイルズ荘がゲストハウスへ変貌しているのみならず、ポワロは衰《おとろ》え、ヘイスティングズも愛妻を亡くし、末娘からは反抗されている。華々しいデビュー作と、病み衰えた最終作の対比。残酷なまでの時の流れ（これをポワロ全盛期に書いているというのがすごい）に、読者もまた陰鬱《いんうつ》な気分になるのを抑えられない。ヘイスティングズの変わらぬポンコツぶりが和ませてくれるのが救いだ。こんな状況で、いったい何ができるというのか。いや、ポワロなんだからたとえ動けなくても灰色の脳細胞で事件を解決するはずだ――と、読者は一縷《いちる》の望みをかける。

滞在者を見てみると、こちらには個性的な面々が揃っている。研究しか頭にない科学者、病身を盾《たて》にわがまま放題の夫人、有能だが愛想のない看護婦、危険な香りのプレイボーイ、鳥や草木を愛するおとなしい青年、イマドキの思想を持つ反抗的な娘、かかあ天下と気弱な夫の宿の主人夫妻……おや？　個性的と書いたが、これはけっこう紋切り型なのでは？　ということは……そういうことだ。

事件が起きるのはなんと全体の三分の二を過ぎてから。だがそこまでにどんどん不穏な空気が高まっていく。そして終盤に仕掛けられた畳み掛けるようなサプライズ。あれもこれも伏線だったのか、まさかあの何気ない行為がそんな結果をもたらしたのかと、思わずため息をつく真相の連続だ。まさにクリステ

＊ポワロの作品を～読んでおいたほうがいい
主なところでは『スタイルズ荘の怪事件』『ABC殺人事件』『ナイルに死す』『ゴルフ場の殺人』が作中で触れられる。また、はっきりとは言われないが『杉の柩』や「砂に書かれた三角形」のことではと思わせるくだりもある。

ィの真髄がここにある。シリーズの掉尾《ちょうび》を飾るにふさわしい作品である。

クリスティは一九七三年に『運命の裏木戸』を出したが、その時点で彼女の作品の管理は娘のロザリンドが担っていた。ロザリンドは、健康上の理由からも作品評価の保持という観点からも、これ以上母が執筆を続けるのは無理と判断し、エージェントにもそう告げる。次に出たのは単行本未収録の作品を集めた短編集（『ポワロの事件簿2』）だった。

一九七五年、ロザリンドは今こそ『カーテン』を発表するべきだと、クリスティの許可を得て刊行に踏み切った。そのときのことをジャネット・モーガンは『アガサ・クリスティーの生涯』（早川書房）の中でクリスティは「ポアロより×××した」と書いている。ネタバレになってしまうので伏せ字にしたが、本書を読んだ人なら、×××に入る言葉がわかるはずだ。

『カーテン』でポワロが「疲れました——大仕事をやり通したわけで、疲労困憊しました。もう長くはないでしょう」と語ったその翌年、一九七六年一月十二日、クリスティは八十五年の生涯を閉じた。最後の最後まで読者を騙すという、まさに大仕事をやり通した一生だった。

◆トリビア
本書を読んだら、ぜひ『ABC殺人事件』を再読していただきたい。ジャップ警部がポワロに向かい、本作を予言するかのような言葉を発している。しかも続けて「こいつは悪くない思いつきだ。ぜひともその件も本に書くべきですよ」とまで言っているのだ。執筆時期を考えれば、この頃からクリスティの中では『カーテン』の大枠は決まっていたのかもしれない。

第5章　読者をいかにミスリードするか

この章では**『シタフォードの謎』**（一九三一・※別題『シタフォードの秘密』）と**『殺人は容易だ』**（一九三九）の真相と伏線に触れます。

クリスティの騙《だま》しのテクニックは、読者の思い込みを利用してその盲点を突くという点にある。あとになって〝こんなにはっきりヒント*が（時には真相が）書かれていたのに、どうして気づかなかったんだ〟と臍《ほぞ》を噛《か》むのも、〝あの何気ない場面に、まさかそんな意味があったとは〟と驚くのもすべて、〝そこに気づかせない技術〟が使われているからに他ならない。つまり、めくらましが抜群に上手いのだ。

では、クリスティはどのように読者にめくらましを仕掛けているのか。

まず嘘は書かない（フェアである）というのは大前提。たとえばある作品で登場人物が、赤い塗料を使っていかにも出血したようなふりをするくだりがある。その場面でクリスティは blood（血）とは書かず、crimson stain（赤いしみ）という表現を使っている。細かい描写ひとつとっても、アンフェアにならないよう気を遣《つか》っているのがわかるだろう。

嘘は書かずに読者を騙すため、クリスティが使う方法には以下のようなものがある。

***はっきりヒントが**
中には真相がしっかり書かれているのに、読者が誤植だと勝手に思ってしまうようなものもある。

（1）嘘は書かないかわりに、大事なことも書かない（省略のテクニック）。
（2）重大なヒントを、まったく無関係な些《さ》細《さい》な場面に忍び込ませる。
（3）ヒントを出した直後に別の会話や展開を入れ、読者の気を逸《そ》らす。
（4）嘘ではないが、読者が間違った解釈をするような表現を使う。

具体的な例をあげて解説しよう。完全にネタバレなので、『シタフォードの謎』と『殺人は容易だ』を未読の方はここから先は読まないように。

なぜこの二作なのかといえば、どちらも〝そんな簡単なことだったの？〟という極めてシンプルなワンアイディアで成立している話だからである。しかも少し注意して読めば、そのアイディアを見抜くのは簡単なのだ。それなのに騙されるのは、上記のテクニックが効果的に使われているからに他ならない。

『シタフォードの謎』は、雪に閉ざされた山荘に知り合いが集まり、霊媒占い《テーブル・ターニング》*をする場面から始まる。その霊媒占いで、山荘の所有者で現在は別の村に住んでいるトレヴェリアン大佐が殺された、というお告げが出た。親友であるバーナビイ少佐は、この雪では無理だと周囲が止めるのも聞かず、六マイル（約十キロ）離れた大佐の住む村に向かう。二時間半後、そこで彼が見たのはすでに死後、二、三時間が経った大佐の他殺死体だった――。

という話なのだが、あっさりネタを割ってしまえば、このバーナビイ少佐が犯人なのだ。二時間半かけて十キロを歩いたと見せかけ、実はスキーを使ってスイーッと麓《ふもと》の村まで十五分で滑降したのである。そして大佐を殺してから時

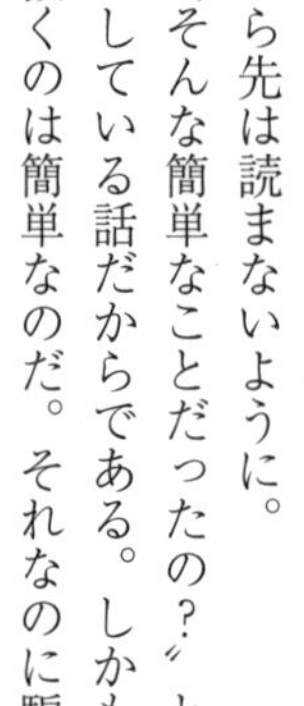

『シタフォードの謎』
鮎川信夫訳　一九六五年　創元推理文庫

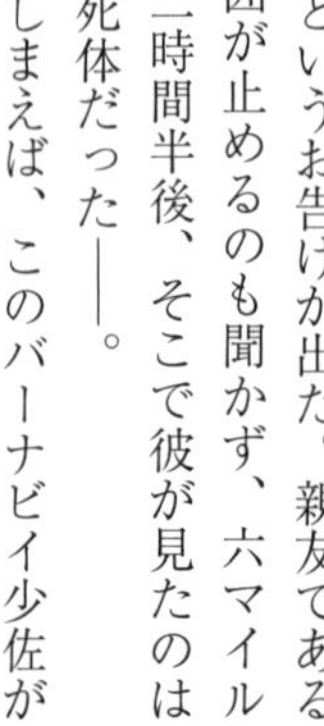

『シタフォードの秘密』
田村隆一訳　二〇〇四年　クリスティー文庫

を待って、いかにも今、異状を発見したようなふりをして警察を呼んだという次第。どうですか、実にシンプルでしょう？

この作品ではまず、霊媒占いの前に、バーナビイの健脚エピソードを入れてくる。いつも大佐の住む村まで片道六マイル、往復十二マイルを歩いているのだ、なんせ自分はスポーツマンだから、という具合だ。ここでスイスでウィンタースポーツをやっていたという話が出る。スイスでウィンタースポーツといえばまずスキーなので、これはけっこう大きなヒントなのだが、直後に話題はスケートやテニスの話へと移り、そこに気づかせないようにしているのである。前出の（3）のテクニックだ。

そしていざ大佐が死んだというお告げを受けてバーナビイが見に行ってくると言ったとき、周囲の人は、この雪では自動車は無理だと止める。そこでバーナビイは「自動車なんて、問題外ですよ。この二本の足がつれてってくれるでしょう」「一時間ではむりで――もっとかかりましょうが。でも、行けますから、ご心配なく」と言うのだ。こんな流れだから、登場人物たち（と読者）は、彼は歩いていくんだ、と思い込まされる次第。このじいさんすげえな、てなもんである。

ここでちょっと気をつけたいのは、クリスティー文庫版では[*]地の文で「彼はエクスハンプトンまで歩いて行くことに決心したのだ。そして、自分の目で老友の無事な姿を確かめないことには気が済まないと六回も繰り返して主張した」とあること。「決心したのだ」のあとに句点が入っており、地の文で歩い

＊霊媒占い
テーブルターニングという言葉が出てくる。これは全員でテーブルに手を置き、霊が来るとテーブルが動くのでその音からメッセージを読み取るというもの。これがのちに「ウィジャ盤」という霊との意思疎通ツールに変化する。降霊術が登場するクリスティ作品には、他に「赤信号」「最後の降霊術」（ともに『検察側の証人』所収）などがある。

◆トリビア
テーブルターニングは一九三九年の邦訳『吹雪の山荘』（紫文閣）では「テーブルもたげ」、一九五二年の『山荘の秘密』（早川書房）では「こっくりさま」と訳されている。こっくりさんはテーブルターニングや前述のウィジャ盤が由来とされているので的を射た訳なのだが、イギリスの上流階級の人々がこっくりさんをやっていると思うとややシュールではある。

ていくことが保証されたように受け取れるが、ここは原文ではカンマで区切られており、「歩いて行くことに決心した」は「六回も主張した」にかかっている。

　バーナビイが山荘を出ていったところで第二章が終わる。そして第三章の出だしはこうだ。

　それから二時間半ののち、八時少し前に、バーナビイ少佐は手に防風灯をもって、猛吹雪をよけるようにからだを前かがみにしながら、トレヴェリアン大佐が借りている「ヘーゼルムア」という小さな家の戸口へ通じる小径《こみち》を、よろよろと歩いていた。

　雪は一時間ほど前から降りはじめており――目もあけられない大雪になっていた。バーナビイ少佐は、すっかり疲労しており、大きな息を吐きながらあえいでいた。からだは寒さにこごえきっていた。彼は荒い鼻息をたてながら足を踏みならし、やがてかじかんだ指先でベルを押した。

　この第二章と第三章の間で、大佐の家に到着したバーナビイが大佐を殺し、いろんな工作をしているのだが、そこは当然、まるっと省略されている。（1）のテクニックである。だがこれは決してアンフェアではない。だってこの第三章の出だしには、いっさい嘘は書かれていないのだから。読者はバーナビイが雪の中を十キロも歩いてきたと思っているから、彼が疲れきっているのも、凍

＊クリスティー文庫版では創元推理文庫ではひとつづきの文として訳している。

えているのも当然だとすんなり解釈する。なんなら〝吹雪の中、二時間半もかかったのか。たいへんだったな〟と感心すらするかもしれない。

しかし実際は、殺人という大仕事をこなしたがゆえの疲れであり、歩いてきた第一発見者を装うのにいい頃合いを待っていたがゆえの凍えなのだ。これは（4）のテクニック――読者が間違った解釈をするように誘導するテクニックである。

この章には他にも、「彼［バーナビイ少佐］はちょっと躊躇したが、やがて意を決して、中［交番］にはいっていった」という文章がある。どう意を決したのかはいっさい具体的に書かれていないが、読者は、ノックをしても反応がないというだけで警察を呼ぶことに迷いがあったのだろうと考える。だが実は、これから死体発見者を装うことへの緊張だ。また、警官のスローモーな対応にいらだっているかのような描写もあるが、大佐が心配でいらだっていると見せかけ、早く一緒に行って死体を見つけてほしいのに警官が動かないからいらだっているのだと、あとになってわかる。

この章だけではない。第二章にはバーナビイが窓から外の雪をじっと見つめる場面がある。大佐が心配なのだろうと思ってしまうが、実はこのときには犯行計画を練っていたわけだ。

このような、文章は同じなのに二つの解釈が可能な表現――ダブルミーニング、あるいはダブル・エッジド・リマーク（double-edged remark）と呼ばれる手法が、この三つの章には詰まりまくっているのだ。

◆トリビア

はじめこそオカルト風味だがそれは長続きしない。ヒロインのエミリーが明るくて行動力のあるタイプだからだ。この手のヒロインにはタペンスをはじめ、『茶色の服を着た男』のアン、『七つのダイヤル』のバンドルなどがおり、総じて楽しい話になる。

この作品には、いっそ易《やさ》しすぎるくらいのヒントがちりばめられている。犯行現場の大佐の家には二セットのスキー板がある（もちろん片方はバーナビイのものだ）し、山荘の上から山麓《さんろく》を見下ろすと大佐の住む村が谷間に見えるという描写もある。バーナビイがウィンタースポーツが得意、大佐の村は山荘から見えるところにある、大佐の家にはスキー板が余分にある、という条件が続け様《ざま》に出されれば誰でも気づく。しかしそれらの情報は、それぞれページ数にしてかなり離れた場所でさりげなく提示される。（2）のテクニックである。

さらにつけくわえるなら、ロバート・バーナード『欺《だま》しの天才』によれば本書が書かれた戦間期のイギリスでは、スキーというのは上流階級のレジャースポーツだったという。交通手段としてスキーを使うという発想は、当時のイギリス人にはなかったとのこと。そういえば短編「三匹のめくらのネズミ」には、雪の中をスキーを履いてやってきた警察官が、「スキーをするだなんて！」と言われる場面があったっけ。そこには下層階級である警察官の分際でという見下しが含まれている。

つまり本書は〝スキーは交通手段ではないという思い込み〟〝バーナビイは歩いたという刷り込み〟〝バーナビイの内面を描かないという叙述の工夫〟によって読者を欺いているのだ。

もちろん、動機だとか人間関係だとか他にもさまざまな騙しの要素はあるし、登場人物それぞれに秘密があってそれが事態を複雑にする。ホームズ作品へのオマージュ*（本書刊行前年にコナン・ドイルが亡くなっている）もある。それ

＊ホームズ作品へのオマージュ
コナン・ドイルやホームズの名前が出てくるのみならず、場所がダートムアであること、刑務所から脱走した囚人が近くに潜んでいること、門のところで犬が吠えて登場人物を驚かすことなど、ホームズのあの有名作へのオマージュがちりばめられている。

らもまた面白いのだが、メイントリックは、歩いたと思わせてスキーを使った、というだけのシンプルなものだ。なのにこれだけの工夫をすることでクリスティは見事に読者を騙すのである。

坂口安吾《さかぐちあんご》は著書『推理小説論』の中で本書を絶賛している。曰《いわ》く、「『吹雪の山荘』〔『シタフォードの謎』のこと〕のトリックほど平凡なものはない。現実に最もありうることで、奇も変もないのであるが、恐らく全ての読者がトリックを見のがしてしまうのである」。

では『殺人は容易だ』を見てみよう。

植民地からイギリスに戻ってきたルーク・フィッツウィリアムは、ロンドンに向かう列車の中で老婦人ミス・ピンカートン*と出会う。彼女は自分の住む村で連続殺人が起きていると言い、その犯人も見当がついている、それをスコットランドヤードに相談に行くのだと語る。ところが翌朝、ルークはミス・ピンカートンが轢《ひ》き逃げに遭って死亡したことを知る。彼女を止めようとした犯人の仕業なのか？　ルークは興味を抱いて、彼女の住んでいた村へ向かった——。

こちらはどういう仕掛けかというと、列車でミス・ピンカートンが語った〝犯人〟をルークは男だと思い込み、村でも男ばかりを調査するのだが、実は女性だったという話である。こう書いてしまうと、なんだそりゃ、と思ってしまうくらいシンプル——というか馬鹿馬鹿しい設定なのだ。

しかし読者はルークの勘違いに気づかない。そこにクリスティのテクニック

『殺人は容易だ』

高橋豊訳　二〇〇四年　クリスティー文庫

＊ミス・ピンカートン
村の事件を語る彼女の名前を聞いたルークは「ぴったりな名前ですね」と言う。アメリカの有名なピンカートン探偵社からの連想。

がある。

まず、列車の中での会話。ミス・ピンカートンはまず、村で連続殺人が起きているという話をする。その直後に、過去にあった（架空の）事件の話を引き合いに出す。ある毒殺犯について「彼がだれかをある特別な目つきで見ると、その相手は間もなく病気になってしまう」と言われた事件があったが、それと似たようなことが自分の村で起きている、という話の流れだ。

村の犯人については“The look on a person's face . . . ”（人の顔を見る目つき）という表現で、作中では「人の目つきが……」と訳されている。主語はlook（目つき）であり、彼とも彼女とも言っていない。

だがその直前に出した毒殺犯が男性、つまり〝彼〟だったことと、それと同じような事件が起きているという話の流れで、読者もルークも〝彼〟だと刷り込まれるのだ。

さらに彼女の村の事件の被害者たちはひとりを除いて男性ばかりで、「彼は*とてもいい人」とか「生意気ででしゃばりな少年」とか、とかく男性を表す単語が並ぶのである。

もちろん、擦《す》れた読者はこの程度ではごまかされないだろう。だがクリスティはそこをさらに固めていく。

第六章、被害者の髪の毛の色と帽子の色の組み合わせが不自然だという話が出る。そこでルークは「男ならそれに気づかない［から犯人は男だ］」と発言する。さらに犯人は屋根に登って、窓から被害者の部屋に侵入したらしいことか

＊彼
この彼・彼女・あの人といった人称代名詞にも要注意。登場人物が「彼」と言ったとき、読者が想像する「彼」と発話者が意図した「彼」は別の人物だったという手も、クリスティはよく使う。最もベーシックなダブル・エッジド・リマークの例である。

ら、それができるのは男だろう、という流れになる。犯人は男である、という傍証が積み重なっていくわけだ。そして「彼女［ミス・ピンカートン］」が犯人だとにらんでいた男は、少なくとも彼女と同じ階層の者らしい」というセリフが出て、ここで初めて〝男〟という単語が使われる。だがこの文で強調されるのは「同じ階層」の方なので、男というのはなし崩しに既定路線になってしまうのだ。

巧いのは、これが第六章だということ。ミス・ピンカートンが事件について語る第一章から九十ページもあとのことだ。そんな前に、彼女は犯人をheと言ったかsheと言ったかなんて大抵の読者は覚えていない。実際はどちらも言っていないのだからなおさらだ。それ以降、第六章まで犯人の性別についてはいっさい言及されないのである。第六章で初めて、犯人はおしゃれに疎《うと》い、屋根に登れる、という男性を思わせる傍証を出し、極め付けに、読者が性別について疑問を持つ前に、別の話題にすり替えるのである。

本書の犯人はミス・ウェインフリートという女性である。なのになぜ男性の傍証が出るかと言うと、男の犯行だと思わせるようミス・ウェインフリートが偽装していたからだ。この真犯人の思惑とルークの勘違いがぴったりはまったのである。

この章だけとってみてもクリスティは実にフェアだ。ルークは村でブリジェットという女性と知り合い、彼女がワトスン役として一緒に調査することになるのだが、ルークはブリジェットに「ミス・ピンカートンとの会話の要約と、彼がウイッチウッドへ乗りこむ契機となったその後の出来事を、かいつまんで説明した」とある。「要約」と「かいつまんで」！ 正確に伝えたわけじゃないよ、とちゃんとクリスティは断っているのだ。だからこそあとになってブリジェットが、「ミス・ピンカートンはあの日汽車の中で、あなたにどんなことをいったの」とルークに尋ね、それを聞いて真相に気づくという段取りが可能になるわけである。

本書でもうひとつ面白いのが、ルークがそうとは知らず真犯人と会話する場面だ。真犯人のミス・ウェインフリートはゴードン*という男性に罪を着せたくていろいろ工作している（そして読者もゴードンが怪しいと感じるよう仕向けられる）のだが、もちろんルークはそんなことは知らず、ここまでの状況を得々と語って聞かせる。

「彼女［ミス・ピンカートン］はこのウイッチウッドで奇怪なことが起こっていると思っていたのです」

「たとえば、だれかがトミー・ピアスを窓から突き落としたというようなことですね」

ミス・ウェインフリートは驚きの目を見張った。

「そんなことを、どうして知っていらっしゃるの」

「彼女がぼくにそういったのです。その言葉どおりではありませんが、だいたいそんなふうに思っていることをぼくに伝えたのです」

＊ゴードン
本書には複数の人物が殺されるが共通点がわからない、というミッシングリンクものの趣向もある。それぞれの人物を殺したい動機のある者を調べているとき、一度も名前が出てこないのがゴードンだ。ここでミステリマニアの読者はゴードンだけ出てこないことに不自然さを感じる。逆に怪しいぞ、と思ってしまう。それこそがクリスティ（と真犯人）の狙いだ。

ミス・ウェインフリートは興奮して顔を紅潮させながら、身を乗り出した。

「それはいつですか、フィッツウィリアムさん。［中略］彼女は正確にどんなことをいったのですか」


真相がわかってからこのくだりを読むと、ミス・ウェインフリートがめちゃくちゃ焦っているであろうことがわかる。いったいミス・ピンカートンが何を言ったのか、この男はどこまで知っているのか。だから「驚きの目を見張」り、「興奮して顔を紅潮させながら」ルークに詰め寄ったのだ。だが初読の段階では、ただ新しい情報に興奮しているだけにしか読めない。


「犯人はだれなのかを、彼女はあなたにいったのですか」

「ある特別な目つきをしている男だそうです」と、ルークはぶっきらぼうにいった。「彼女の話によれば、見ればすぐわかるような目つきだそうです。彼女はその男がハンブルビーと話をしているときに、そういう目つきをしているのを見たわけなんですな。だから、このつぎに殺されるのはハンブルビーにちがいないといったのです」

「そして、彼はそのとおりになったわけね。まあ、驚いたわ」

ミス・ウェインフリートは椅子にふかぶかと身を沈めた。彼女の目におびえた表情がただよっていた。

◆トリビア
本書に登場する骨董商のエルズワージーはゲイとして描かれている。翻訳では直接的な言葉はなくぼかされているが原文で読むと明らかで、彼のことを魔女扱いしたり、Miss Nancyと呼んだりする場面もある。翻訳では「女の子の腐ったみたいなやつ」となっているが、もう少し露骨な意味合いを持つ言葉。これは本書が書かれた一九三〇年代のイギリスでは同性愛が違法だったことに起因するが、だからといって彼は殺人犯ではないのだ。

このときのミス・ウェインフリートの心情を想像してみていただきたい。ミス・ピンカートンは自分が犯人だとルークに伝えたんじゃないかとドキドキしながら「犯人はだれなのかを、彼女はあなたにいったのですか」と聞いたら、「男」と返ってきたのだ。それまでめちゃくちゃびびって、緊張していたところに、「男」という一言を聞いて、はあと気持ちが緩《ゆる》んだ。その結果、「椅子にふかぶかと身を沈め」たのである。「彼女の目におびえた表情がただよっていた」のは、殺人犯への恐怖ではなく、自分が犯人として名指しされるかもしれなかった恐怖なのである。

また、別の場面でルークはミス・ウェインフリートに、トーマスかアボットのふたりに容疑を絞った、と話す。「どちらがもっともあやしいと思うか」という問いに対して、

彼女の目に、ルークをとまどわせるような表情が浮かんでいた。それはいらだちと、それに密接な関連のありそうな——はっきりとらえがたい——何かを現わしていた。

彼女はいった。

「わたしはなんともいえませんわ」

そして彼女は奇妙な音を発して——半ばため息のような、半ば嗚咽《おえつ》のような音をいわせて——くるりと背を向けた。

初読では、恐ろしい連続殺人の容疑者として具体的に知り合いの名前が出たことで動揺しているように見える。しかし実際は違う。ミス・ウェインフリートの目的はゴードンに罪を着せることなのだ。なのにルークは自慢げに、トーマスかアボットか、などと言っている。がっかりしているのだ。あれほどゴードンを指し示すようにいろいろ工夫したのに、まったく伝わっていない。あの努力は何だったのか。こいつバカなの？　くらいは思ったかもしれない。それがいらだちの表情の理由だ。「わたしはなんともいえませんわ」は、つまるところ「知らんがな」である。

初読ではまったく気づくことのできない犯人の心情が、再読では手に取るようにわかる。同じ場面が、同じセリフが、初読のときとはまったく違った意味を持って読者の前に現れる。これがクリスティのダブルミーニングの面白さだ。

こういった細かいことは作中でいちいち解説されない。再読して初めてわかるのである。ミステリは犯人やトリックがわかってしまえば終わりだから再読に楽しみはないとお考えなら、ぜひクリスティ作品で試してみてほしい。私はクリスティは、再読の方が面白い、と思っている。初読のときは意外な展開や意外な犯人、伏線の巧緻《こうち》さに驚く。そして再読のときは、クリスティが何をどう仕掛けて読者を騙そうとしたのかを確認して驚く。そこには、初読のときとはまったく別の物語が浮かび上がるのである。

◆トリビア

作中、ブリジェットがルークに「あたしは好きかといったのよ、ルーク——愛しているかと訊いたのじゃなくて」と詰め寄る場面がある。love なのか like なのかという問いかけだが、ブリジェットの中では一過性の love よりずっと続く like であってほしいという思いがある。それに対してラストのルークの答えがいい。“Now——we'll begin to Live . . . ”——文の途中なのに Live が大文字になっていることに注目。これは Like と Love を合体させているのだ。「両方だよ！」というのが彼の答えなのである。

参考文献

書籍

Agatha Christie's Poirot: The Greatest Detective in the World, Mark Aldridge, 2020, HarperCollins Publishers Ltd.

Agatha Christie: First Lady of Crime, H. R. F Keating, 2020, Weidenfeld & Nicolson

The Life and Crimes of Agatha Christie, Charles Osborne, 1983, Holt Rinehart & Winston

『新版 アガサ・クリスティー読本』H・R・F・キーティング他著　一九九〇年　早川書房

『アガサ・クリスティー自伝』（上下）アガサ・クリスティー著　乾信一訳　二〇〇四年　早川書房クリスティー文庫

『ポワロと私　デビッド・スーシェ自伝』デビッド・スーシェ、ジェフリー・ワンセル著　高尾菜つこ訳　二〇二二年　原書房

『欺《だま》しの天才 アガサ・クリスティ創作の秘密』ロバート・バーナード著　小池滋、中野康司訳　一九八二年　秀文インターナショナル

『アガサ・クリスティ大事典』マッシュー・ブンスン著　笹田裕子、ロジャー・プライア訳　二〇一〇年　柊風舎

『アガサ・クリスティーの生涯』（上下）ジャネット・モーガン著　深町眞理子、宇佐川晶子訳　一九八七年　早川書房

『ミステリ・ハンドブック アガサ・クリスティー』ディック・ライリー、パム・マカリスター編

森英俊監訳　一九九九年　原書房
『アガサ・クリスチィの秘密』グエン・ロビンス著　吉野美恵子訳　一九八〇年　東京創元社
『アガサ・クリスティーの大英帝国 名作ミステリと「観光」の時代』東秀紀著　二〇一七年　筑摩選書
『アガサ・クリスティー完全攻略』霜月蒼著　二〇一八年　早川書房クリスティー文庫
『乱視読者の帰還』若島正著　二〇〇一年　みすず書房

論文

「アガサ・クリスティ作品における言語トリック―関連性理論による探偵小説の多重解釈分析―」中村秩祥子著　二〇一一年　神戸大学大学院国際文化学研究科博士論文

WEB

The Home of Agatha Christie
https://www.agathachristie.com
Delicious Death　アガサ・クリスティー作品データベース
https://www.deliciousdeath.com/indexj.html

153 1958年12月／“The Dressmaker’s Doll”／（早川）「洋裁店の人形」『教会で死んだ男』

154 1960年10月／“The Mystery of the Spanish Chest”／（早川）「スペイン櫃《ひつ》の秘密」『クリスマス・プディングの冒険』

155 1960年11月／“The Adventure of the Christmas Pudding”／（早川）「クリステス・プディングの冒険」『クリスマス・プディングの冒険』

156 1971年／“The Harlequin Tea Set”／（早川）「クィン氏のティー・セット」『マン島の黄金』／クィン

157 2009年／“The Incident of the Dog’s Ball”／（早川）「犬のボール」『アガサ・クリスティーの秘密ノート』／ポワロ

158 2009年／“The Capture of Cerberus”／（早川）「ケルベロスの捕獲」『アガサ・クリスティーの秘密ノート』／ポワロ／※149「ケルベロスの捕獲」別バージョン

159 2014年／“Hercule Poirot and the Greenshore Folly”／（早川）「ポアロとグリーンショアの阿房宮」『ポアロとグリーンショアの阿房宮』／ポワロ

謎」『パーカー・パインの事件簿』⫽（早川）「レガッタ・デーの事件」『黄色いアイリス』／パイン／※126 “Poirot and the Regatta Mystery”を、1939年の The Regatta Mystery and Other Stories 刊行時に書き直したもの

138 1940年1月／“The Arcadian Deer”／（早川）「アルカディアの鹿」『ヘラクレスの冒険』／ポワロ

139 1940年2月／“The Erymanthian Boar”／（早川）「エルマントスのイノシシ」『ヘラクレスの冒険』／ポワロ

140 1940年3月／“The Augean Stables”／（早川）「アウゲイアス王の大牛舎」『ヘラクレスの冒険』／ポワロ

141 1940年5月／“The Flock of Geryon”／（早川）「ゲリュオンの牛たち」『ヘラクレスの冒険』／ポワロ

142 1940年5月／“The Apples of Hesperides”／（早川）「ヘスペリスたちのリンゴ」『ヘラクレスの冒険』／ポワロ

143 1940年6月／“The Horses of Diomedes”／（早川）「ディオメーデスの馬」『ヘラクレスの冒険』／ポワロ

144 1940年11月／“Four-and-Twenty Blackbirds”／（創元）「二十四羽の黒ツグミ」『二十四羽の黒ツグミ』⫽（早川）「二十四羽の黒つぐみ」『クリスマス・プディングの冒険』／ポワロ

145 1941年11月／“Strange Jest”／（創元）「風変わりないたずら」『二十四羽の黒ツグミ』⫽（早川）「奇妙な冗談」『愛の探偵たち』／マープル

146 1941年11月／“Tape-Measure Murder”／（創元）「巻尺殺人事件」『二十四羽の黒ツグミ』⫽（早川）「昔ながらの殺人事件」『愛の探偵たち』／マープル

147 1942年1月／“The Case of the Caretaker”／（創元）「管理人の老婆」『二十四羽の黒ツグミ』⫽（早川）「管理人事件」『愛の探偵たち』／マープル

148 1942年4月／“The Case of the Perfect Maid”／（創元）「申し分のない女中」『二十四羽の黒ツグミ』⫽（早川）「申し分のないメイド」『愛の探偵たち』／マープル

149 1947年3月／“The Capture of Cerberus”／（早川）「ケルベロスの捕獲」『ヘラクレスの冒険』／ポワロ

150 1948年5月／“Three Blind Mice”／（創元）「三匹のめくらのネズミ」『二十四羽の黒ツグミ』⫽（早川）「三匹の盲目のねずみ」『愛の探偵たち』

151 1954年9月／“Sanctuary”／（早川）「教会で死んだ男」『教会で死んだ男』／マープル

152 1956年12月／“Greenshaw's Folly”／（早川）「グリーンショウ氏の阿房宮」『クリスマス・プディングの冒険』／マープル

籍刊行年を記載

121　1934年7月／“In a Glass Darkly”／（創元）「暗い鏡のなかに」『砂に書かれた三角形』╱╱（早川）「仄暗い鏡の中に」『黄色いアイリス』

122　1935年5月／“Miss Marple Tells a Story”／（創元）「ミス・マープルは語る」『砂に書かれた三角形』╱╱（早川）「ミス・マープルの思い出話」『黄色いアイリス』／マープル

123　1935年6月／“How Does Your Garden Grow?”／（創元）「あなたのお庭をどうする気？」『砂に書かれた三角形』╱╱（早川）「あなたの庭はどんな庭？」『黄色いアイリス』／ポワロ

124　1936年1月／“Problem at Sea”／（創元）「海上の悲劇」『砂に書かれた三角形』╱╱（早川）「船上の怪事件」『黄色いアイリス』／ポワロ

125　1936年2月／“Triangle at Rhodes”／（創元）「砂に書かれた三角形」『砂に書かれた三角形』╱╱（早川）「砂にかかれた三角形」『死人の鏡』／ポワロ

126　1936年6月／“Poirot and the Regatta Mystery”／（論創社）「ポワロとレガッタの謎」『十人の小さなインディアン』／ポワロ

127　1936年10月／“Murder in the Mews”／（創元）「厩舎街の殺人」『死人の鏡』╱╱（早川）「厩舎《ミューズ》街の殺人」『死人の鏡』／ポワロ

128　1937年4月／“The Incredible Theft”／（創元）「謎の盗難事件」『死人の鏡』╱╱（早川）「謎の盗難事件」『死人の鏡』／ポワロ

129　1937年7月／“Yellow Iris”／（創元）「黄色いアイリス」『砂に書かれた三角形』╱╱（早川）「黄色いアイリス」『黄色いアイリス』／ポワロ

130　1937年10月／“The Dream”／（創元）「夢」『砂に書かれた三角形』╱╱（早川）「夢」『クリスマス・プディングの冒険』／ポワロ

131　1937年／“Dead Man’s Mirror”／（創元）「死人の鏡」『死人の鏡』╱╱（早川）「死人の鏡」『死人の鏡』／ポワロ

132　1939年9月／“The Learnean Hydra”／（早川）「レルネーのヒドラ」『ヘラクレスの冒険』／ポワロ

133　1939年9月／“The Stymphalean Birds”／（早川）「ステュムパロスの鳥」『ヘラクレスの冒険』／ポワロ

134　1939年9月／“The Cretan Bull”／（早川）「クレタ島の雄牛」『ヘラクレスの冒険』／ポワロ

135　1939年9月／“The Girdle of Hyppolita”／（早川）「ヒッポリュテの帯」『ヘラクレスの冒険』／ポワロ

136　1939年11月／“The Nemean Lion”／（早川）「ネメアのライオン」『ヘラクレスの冒険』／ポワロ

137　1939年／“The Regatta Mystery”／（創元）「レガッタレースの日の

件」『黄色いアイリス』／パイン

109　1932年10月／“The Case of the Middle-aged Wife”／（創元）「中年の妻の事件」『パーカー・パインの事件簿』〃（早川）「中年夫人の事件」『パーカー・パイン登場』／パイン

110　1933年4月／“Have You Got Everything You Want?”／（創元）「ほしいものはすべて手に入れましたか？」『パーカー・パインの事件簿』〃（早川）「あなたは欲しいものをすべて手に入れましたか？」『パーカー・パイン登場』／パイン

111　1933年4月／“The House at Shiraz”／（創元）「シーラーズの館」『パーカー・パインの事件簿』〃（早川）「シーラーズにある家」『パーカー・パイン登場』／パイン

112　1933年4月／“Death on the Nile”／（創元）「ナイル河の死」『パーカー・パインの事件簿』〃（早川）「ナイル河の殺人」『パーカー・パイン登場』／パイン

113　1933年4月／“The Oracle at Delphi”／（創元）「デルフォイの神託」『パーカー・パインの事件簿』〃（早川）「デルファイの神託」『パーカー・パイン登場』／パイン

114　1933年6月／“The Gate of Baghdad”／（創元）「バグダッドの門」『パーカー・パインの事件簿』〃（早川）「バグダッドの門」『パーカー・パイン登場』／パイン

115　1933年7月／“The Pearl of Price”／（創元）「高価な真珠《しんじゅ》」『パーカー・パインの事件簿』〃（早川）「高価な真珠」『パーカー・パイン登場』／パイン

116　1933年／“The Hound of Death”／（創元）「死の猟犬」『検察側の証人』〃（早川）「死の猟犬」『死の猟犬』／※初出年不明のため初収録の書籍刊行年を記載

117　1933年／“The Gipsy”／（創元）「ジプシー」『検察側の証人』〃（早川）「ジプシー」『死の猟犬』／※初出年不明のため初収録の書籍刊行年を記載

118　1933年／“The Lamp”／（創元）「ランプ」『検察側の証人』〃（早川）「ランプ」『死の猟犬』／※初出年不明のため初収録の書籍刊行年を記載

119　1933年／“The Strange Case of Sir Arthur Carmichael”／（創元）「アーサー・カーマイクル卿の奇妙な事件」『検察側の証人』〃（早川）「アーサー・カーマイクル卿の奇妙な事件」『死の猟犬』／※初出年不明のため初収録の書籍刊行年を記載

120　1933年／“The Call of Wings”／（創元）「翼のまねき」『検察側の証人』〃（早川）「翼の呼ぶ声」『死の猟犬』／※初出年不明のため初収録の書

『ミス・マープルと13の謎』／／（早川）「クリスマスの悲劇」『火曜クラブ』／マープル

95 1930年2月／“The Companion”／（創元）「コンパニオンの女」『ミス・マープルと13の謎』／／（早川）「二人の老嬢」『火曜クラブ』／マープル

96 1930年3月／“The Herb of Death”／（創元）「死のハーブ」『ミス・マープルと13の謎』／／（早川）「毒草」『火曜クラブ』／マープル

97 1930年5月／“The Affair at the Bungalow”／（創元）「バンガローの事件」『ミス・マープルと13の謎』／／（早川）「バンガロー事件」『火曜クラブ』／マープル

98 1930年5月／“Manx Gold”／（早川）「マン島の黄金」『マン島の黄金』

99 1930年11月／“Death by Drowning”／（創元）「水死した娘」『ミス・マープルと13の謎』／／（早川）「溺死」『火曜クラブ』／マープル

100 1930年／“The Bird with the Broken Wing”／（創元）「翼の折れた鳥」『ハーリー・クィンの事件簿』／／（早川）「翼の折れた鳥」『謎のクィン氏』／クィン／※初出年不明のため初収録の書籍刊行年を記載

101 1932年1月／“The Mystery of the Baghdad Chest”／（創元）「バグダッドの櫃の謎」『砂に書かれた三角形』／／（早川）「バグダッドの大櫃の謎」『黄色いアイリス』、『マン島の黄金』／ポワロ

102 1932年6月／“The Second Gong”／（創元）「第二のドラ」『二十四羽の黒ツグミ』／／（早川）「二度目のゴング」『黄色いアイリス』／ポワロ

103 1932年8月／“The Case of the Discontented Soldier”／（創元）「無聊《ぶりよう》をかこつ少佐の事件」『パーカー・パインの事件簿』／／（早川）「退屈している軍人の事件」『パーカー・パイン登場』／パイン

104 1932年8月／“The Case of the Distressed Lady”／（創元）「悩めるレディの事件」『パーカー・パインの事件簿』／／（早川）「困りはてた婦人の事件」『パーカー・パイン登場』／パイン

105 1932年8月／“The Case of the Discontented Husband”／（創元）「不満な夫の事件」『パーカー・パインの事件簿』／／（早川）「不満な夫の事件」『パーカー・パイン登場』／パイン

106 1932年8月／“The Case of the City Clerk”／（創元）「ある会社員の事件」『パーカー・パインの事件簿』／／（早川）「サラリーマンの事件」『パーカー・パイン登場』／パイン

107 1932年8月／“The Case of the Rich Woman”／（創元）「大富豪夫人の事件」『パーカー・パインの事件簿』／／（早川）「大金持ちの婦人の事件」『パーカー・パイン登場』／パイン

108 1932年9月／“Problem at Pollensa Bay”／（創元）「ポーレンサ入江の出来事」『パーカー・パインの事件簿』／／（早川）「ポリェンサ海岸の事

『ミス・マープルと13の謎』∥（早川）「舗道の血痕」『火曜クラブ』／マープル

79 1928年4月／“Motive v Opportunity”／（創元）「動機対機会」『ミス・マープルと13の謎』∥（早川）「動機対機会」『火曜クラブ』／マープル

80 1928年5月／“The Thumb Mark of St Peter”／（創元）「聖ペテロの指の跡」『ミス・マープルと13の謎』∥（早川）「聖ペテロの指のあと」『火曜クラブ』／マープル

81 1928年8月／“A Fruitful Sunday”／（創元）「日曜日には果物を」『白鳥の歌』∥（早川）「日曜日にはくだものを」『リスタデール卿の謎』

82 1928年9月／“Double Sin”／（創元）「二重の罪」『砂に書かれた三角形』∥（早川）「二重の罪」『教会で死んだ男』／ポワロ

83 1928年11月／“Wasps' Nest”／（創元）「スズメ蜂の巣」『砂に書かれた三角形』∥（早川）「スズメ蜂の巣」『教会で死んだ男』／ポワロ

84 1928年12月／“The Unbreakable Alibi”／（創元）「破れないアリバイなんて」『二人で探偵を』∥（早川）「鉄壁のアリバイ」『おしどり探偵』／トミー＆タペンス

85 1929年1月／“The Third-Floor Flat”／（創元）「四階の部屋」『二十四羽の黒ツグミ』∥（早川）「四階のフラット」『愛の探偵たち』／ポワロ

86 1929年3月／“The Dead Harlequin”／（創元）「死せる道化師」『ハーリー・クィンの事件簿』∥（早川）「死んだ道化役者《ハーリクイン》」『謎のクィン氏』／クィン

87 1929年8月／“The Golden Ball”／（創元）「黄金の玉」『白鳥の歌』∥（早川）「黄金の玉」『リスタデール卿の謎』

88 1929年9月／“Accident”／（創元）「事故」『白鳥の歌』∥（早川）「事故」『リスタデール卿の謎』

89 1929年9月／“Next to a Dog”／（早川）「愛犬の死」『マン島の黄金』

90 1929年10月／“The Man from the Sea”／（創元）「海から来た男」『ハーリー・クィンの事件簿』∥（早川）「海から来た男」『謎のクィン氏』／クィン

91 1929年12月／“The Blue Geranium”／（創元）「青いゼラニウム」『ミス・マープルと13の謎』∥（早川）「青いゼラニウム」『火曜クラブ』／マープル

92 1929年12月／“Sing a Song of Sixpence”／（創元）「六ペンスの唄」『白鳥の歌』∥（早川）「六ペンスのうた」『リスタデール卿の謎』

93 1930年1月／“The Four Suspects”／（創元）「四人の容疑者」『ミス・マープルと13の謎』∥（早川）「四人の容疑者」『火曜クラブ』／マープル

94 1930年1月／“A Christmas Tragedy”／（創元）「クリスマスの悲劇」

金』
62 1926年3月／"Wireless"／（創元）「ラジオ」『検察側の証人』∥（早川）「ラジオ」『死の猟犬』
63 1926年4月／"The Under Dog"／（創元）「負け犬」『死人の鏡』∥（早川）「負け犬」『クリスマス・プディングの冒険』／ポワロ
64 1926年7月／"The Rajah's Emerald"／（創元）「ラジャーのエメラルド」『白鳥の歌』∥（早川）「ラジャのエメラルド」『リスタデール卿の謎』
65 1926年7月／"The Lonely God"／（早川）「孤独な神さま」『マン島の黄金』
66 1926年9月／"Swan Song"／（創元）「白鳥の歌」『白鳥の歌』∥（早川）「白鳥の歌」『リスタデール卿の謎』
67 1926年10月／"The Love Detectives"／（創元）「恋愛を探偵する」『二十四羽の黒ツグミ』∥（早川）「愛の探偵たち」『愛の探偵たち』／クィン
68 1926年11月／"The Soul of the Croupier"／（創元）「クルピエの真情」『ハーリー・クィンの事件簿』∥（早川）「クルピエの真情」『謎のクィン氏』／クィン
69 1926年11月／"The World's End"／（創元）「世界の果て」『ハーリー・クィンの事件簿』∥（早川）「世界の果て」『謎のクィン氏』／クィン
70 1926年11月／"The Last Seance"／（創元）「最後の降霊術」『検察側の証人』∥（早川）「最後の降霊会」『死の猟犬』
71 1926年12月／"The Voice in the Dark"／（創元）「闇のなかの声」『ハーリー・クィンの事件簿』∥（早川）「闇の声」『謎のクィン氏』／クィン
72 1927年2月／"The Edge"／（早川）「崖っぷち」『マン島の黄金』
73 1927年4月／"The Face of Helen"／（創元）「ヘレネの顔」『ハーリー・クィンの事件簿』∥（早川）「ヘレンの顔」『謎のクィン氏』／クィン
74 1927年5月／"Harlequin's Lane"／（創元）「ハーリクィンの小径」『ハーリー・クィンの事件簿』∥（早川）「道化師の小径」『謎のクィン氏』／クィン
75 1927年12月／"The Tuesday Night Club"／（創元）「〈火曜の夜〉クラブ」『ミス・マープルと13の謎』∥（早川）「火曜クラブ」『火曜クラブ』／マープル
76 1928年1月／"The Idol House of Astarte"／（創元）「アシュタルテの祠《ほこら》」『ミス・マープルと13の謎』∥（早川）「アスタルテの祠」『火曜クラブ』／マープル
77 1928年2月／"Ingots of Gold"／（創元）「消えた金塊」『ミス・マープルと13の謎』∥（早川）「金塊事件」『火曜クラブ』／マープル
78 1928年3月／"The Bloodstained Pavement"／（創元）「舗道の血痕」

偵を』／／（早川）「目隠しごっこ」『おしどり探偵』／トミー＆タペンス
46 1924年11月／“The Crackler”／（創元）「ぱりぱり野郎」『二人で探偵を』／／（早川）「パリパリ屋」『おしどり探偵』／トミー＆タペンス
47 1924年11月／“The House of Lurking Death”／（創元）「死をはらむ家」『二人で探偵を』／／（早川）「死のひそむ家」『おしどり探偵』／トミー＆タペンス
48 1924年11月／“The Ambassador's Boots”／（創元）「大使の靴の謎」『二人で探偵を』／／（早川）「大使の靴」『おしどり探偵』／トミー＆タペンス
49 1924年11月／“Philomel Cottage”／（創元）「うぐいす荘」『白鳥の歌』／／（早川）「ナイチンゲール荘」『リスタデール卿の謎』
50 1924年12月／“The Man in the Mist”／（創元）「霧の中の男」『二人で探偵を』／／（早川）「霧の中の男」『おしどり探偵』／トミー＆タペンス
51 1924年12月／“The Man Who Was No. 16”／（創元）「ついに十六番の男が……」『二人で探偵を』／／（早川）「16号だった男」『おしどり探偵』／トミー＆タペンス
52 1924年12月／“The Manhood of Edward Robinson”／（創元）「エドワード・ロビンソンは男でござる」『白鳥の歌』／／（早川）「エドワード・ロビンソンは男なのだ」『リスタデール卿の謎』
53 1925年1月／“The Witness for the Prosecution”／（創元）「検察側の証人」『検察側の証人』／／（早川）「検察側の証人」『死の猟犬』
54 1925年7月／“The Sign in the Sky”／（創元）「空に描かれれたしるし」『ハーリー・クィンの事件簿』／／（早川）「空のしるし」『謎のクィン氏』／クィン
55 1925年10月／“Within a Wall”／（早川）「壁の中」『マン島の黄金』
56 1925年11月／“At the ‘Bells and Motley’”／（創元）「鈴と道化服亭にて」『ハーリー・クィンの事件簿』／／（早川）「〈鈴と道化服〉亭奇聞」『謎のクィン氏』／クィン
57 1925年12月／“The Fourth Man”／（創元）「第四の男」『検察側の証人』／／（早川）「第四の男」『死の猟犬』
58 1925年12月／“The Listerdale Mystery”／（創元）「リスタデール卿の謎」『白鳥の歌』／／（早川）「リスタデール卿の謎」『リスタデール卿の謎』
59 1926年1月／“The House of Dream”／（早川）「夢の家」『マン島の黄金』
60 1926年2月／“SOS”／（創元）「SOS」『検察側の証人』／／（早川）「S・O・S」『死の猟犬』
61 1926年3月／“Magnolia Blossom”／（早川）「白木蓮の花」『マン島の黄

32 1924年6月／"The Red Signal"／（創元）「赤信号」『検察側の証人』／／（早川）「赤信号」『死の猟犬』

33 1924年7月／"The Mystery of the Blue Jar"／（創元）「青い壺の秘密」『検察側の証人』／／（早川）「青い壺の謎」『死の猟犬』

34 1924年8月／"Jane in Search of a Job"／（創元）「ジェインの求職」『白鳥の歌』／／（早川）「ジェインの求職」『リスタデール卿の謎』

35 1924年8月／"Mr Eastwood's Adventure"／（創元）「イーストウッド氏の冒険」『白鳥の歌』／／（早川）「イーストウッド君の冒険」『リスタデール卿の謎』

36 1924年9月／"A Fairy in the Flat"／（創元）「「アパートに妖精がいる」」『二人で探偵を』／／（早川）「アパートの妖精」『おしどり探偵』／トミー＆タペンス

37 1924年9月／"A Pot of Tea"／（創元）「「お茶をどうぞ」」『二人で探偵を』／／（早川）「お茶をどうぞ」『おしどり探偵』／トミー＆タペンス

38 1924年10月／"The Affair of the Pink Pearl"／（創元）「桃色真珠紛失の謎」『二人で探偵を』／／（早川）「桃色真珠紛失事件」『おしどり探偵』／トミー＆タペンス

39 1924年10月／"The Adventure of the Sinister Stranger"／（創元）「珍客到来」『二人で探偵を』／／（早川）「怪しい来訪者」『おしどり探偵』／トミー＆タペンス

40 1924年10月／"Finessing the King"／（創元）「キングで勝負」『二人で探偵を』／／（早川）「キングを出し抜く」『おしどり探偵』／トミー＆タペンス

41 1924年10月／"The Gentleman Dressed in Newspaper"／（創元）「新聞紙の服を着た男」『二人で探偵を』／／（早川）「キングを出し抜く」『おしどり探偵』／トミー＆タペンス／※（早川）では原書の二部構成をひとつの短編にまとめている

42 1924年10月／"The Case of the Missing Lady"／（創元）「婚約者失踪の謎」『二人で探偵を』／／（早川）「婦人失踪事件」『おしどり探偵』／トミー＆タペンス

43 1924年10月／"The Sunningdale Mystery"／（創元）「サニングデールの怪事件」『二人で探偵を』／／（早川）「サニングデールの謎」『おしどり探偵』／トミー＆タペンス

44 1924年10月／"The Shadow on the Glass"／（創元）「ガラスに映る影」『ハーリー・クィンの事件簿』／／（早川）「窓ガラスに映る影」『謎のクィン氏』／クィン

45 1924年11月／"Blindman's Bluff"／（創元）「盲蛇におじず」『二人で探

17　1923年10月／“The Market Basing Mystery”／（創元）「マーキット・ベイジングの謎」『ポワロの事件簿2』〃（早川）「マーケット・ベイジングの怪事件」『教会で死んだ男』／ポワロ

18　1923年10月／“The Adventure of the Italian Nobleman”／（創元）「イタリア貴族の事件」『ポワロの事件簿1』〃（早川）「イタリア貴族殺害事件」『ポアロ登場』／ポワロ

19　1923年10月／“The Case of the Missing Will”／（創元）「遺言書の謎」『ポワロの事件簿1』〃（早川）「謎の遺言書」『ポアロ登場』／ポワロ

20　1923年11月／“The Lost Mine”／（創元）「消えた鉱山」『ポワロの事件簿2』〃（早川）「消えた廃坑」『ポアロ登場』／ポワロ

21　1923年11月／“The Submarine Plans”／（創元）「潜水艦の設計図」『ポワロの事件簿2』〃（早川）「潜水艦の設計図」『教会で死んだ男』／ポワロ

22　1923年11月／“The Cornish Mystery”／（創元）「コーンウォールの謎」『ポワロの事件簿2』〃（早川）「コーンウォールの毒殺事件」『教会で死んだ男』／ポワロ

23　1923年11月／“The Adventure of the Clapham Cook”／（創元）「料理女を探せ」『ポワロの事件簿2』〃（早川）「料理人の失踪」『教会で死んだ男』／ポワロ

24　1923年12月／“The Clergyman's Daughter”／（創元）「牧師の娘」『二人で探偵を』〃（早川）「牧師の娘」『おしどり探偵』／トミー＆タペンス

25　1923年12月／“The Red House”／（創元）「赤い館の謎」『二人で探偵を』〃（早川）「牧師の娘」『おしどり探偵』／トミー＆タペンス／※（早川）では原書の二部構成をひとつの短編にまとめている

26　1923年12月／“Christmas Adventure”／（早川）「クリスマスの冒険」『マン島の黄金』

27　1923年12月／“The Double Clue”／（創元）「二重の手がかり」『砂に書かれた三角形』〃（早川）「二重の手がかり」『教会で死んだ男』／ポワロ

28　1923年12月／“The Lemesurier Inheritance”／（創元）「呪われた相続」『ポワロの事件簿2』〃（早川）「呪われた相続人」『教会で死んだ男』／ポワロ

29　1924年2月／“The Girl in the Train”／（創元）「車中の娘」『白鳥の歌』〃（早川）「車中の娘」『リスタデール卿の謎』

30　1924年3月／“The Coming of Mr Quin”／（創元）「ミスター・クィン、登場」『ハーリー・クィンの事件簿』〃（早川）「クィン氏登場」『謎のクィン氏』／クィン

31　1924年4月／“While the Light Lasts”／（早川）「光が消えぬかぎり」『マン島の黄金』

川)「グランド・メトロポリタンの宝石盗難事件」『ポアロ登場』/ポワロ

4 1923年3月/"The Disappearance of Mr Davenheim"/(創元)「ダヴンハイム氏の失踪」『ポワロの事件簿1』//(早川)「ミスタ・ダヴンハイムの失踪」『ポアロ登場』/ポワロ

5 1923年4月/"The Adventure of 'The Western Star'/(創元)「西洋の星の事件」『ポワロの事件簿1』//(早川)「〈西洋の星〉盗難事件」『ポアロ登場』/ポワロ

6 1923年4月/"The Plymouth Express"/(創元)「プリマス急行」『ポワロの事件簿2』//(早川)「プリマス行き急行列車」『教会で死んだ男』/ポワロ

7 1923年4月/"The Tragedy at Marsdon Manor"/(創元)「マースドン荘園の悲劇」『ポワロの事件簿1』//(早川)「マースドン荘の悲劇」『ポアロ登場』/ポワロ

8 1923年4月/"The Kidnapped Prime Minister"/(創元)「誘拐された総理大臣」『ポワロの事件簿1』//(早川)「首相誘拐事件」『ポアロ登場』/ポワロ

9 1923年5月/"The Actress"/(早川)「名演技」『マン島の黄金』

10 1923年5月/"The Million Dollar Bond Robbery"/(創元)「百万ドル公債の盗難」『ポワロの事件簿1』//(早川)「百万ドル債券盗難事件」『ポアロ登場』/ポワロ

11 1923年5月/"The Adventure of the Cheap Flat"/(創元)「安いマンションの事件」『ポワロの事件簿1』//(早川)「安アパート事件」『ポアロ登場』/ポワロ

12 1923年5月/"The Mystery of Hunter's Lodge"/(創元)「ハンター荘の謎」『ポワロの事件簿1』//(早川)「狩人荘の怪事件」『ポアロ登場』/ポワロ

13 1923年5月/"The Chocolate Box"/(創元)「チョコレートの箱」『ポワロの事件簿2』//(早川)「チョコレートの箱」『ポアロ登場』/ポワロ

14 1923年9月/"The Adventure of the Egyptian Tomb"/(創元)「エジプト王の墳墓の事件」『ポワロの事件簿1』//(早川)「エジプト墳墓の謎」『ポアロ登場』/ポワロ

15 1923年10月/"The Veiled Lady"/(創元)「ヴェールをかけたレディ」『ポワロの事件簿2』//(早川)「ヴェールをかけた女」『ポアロ登場』/ポワロ

16 1923年10月/"The Adventure of Johnnie Waverly"/(創元)「ジョニー・ウェイヴァリーの冒険」『二十四羽の黒ツグミ』//(早川)「ジョニー・ウェイバリーの冒険」『愛の探偵たち』/ポワロ

2　1944年／*Ten Little Niggers*／（論創社）「十人の小さなインディアン」『十人の小さなインディアン』／※『そして誰もいなくなった』の戯曲化
3　1952年／*The Hollow*／（「ハヤカワミステリマガジン」2010年4月号）『ホロー荘の殺人』
4　1954年／*The Mousetrap*／（早川）『ねずみとり』／※「三匹のめくらのネズミ」の戯曲化
5　1954年／*Witness for the Prosecution*／（早川）『検察側の証人』
6　1956年／*Appointment with Death*／（論創社）「死との約束」『十人の小さなインディアン』
7　1957年／*Spider's Web*／（早川）『蜘蛛の巣』
8　1958年／*Verdict*／（早川）「評決」『ブラック・コーヒー』
9　1958年／*The Unexpected Guest*／（早川）『招かれざる客』
10　1960年／*Go Back for Murder*／（光文社文庫）『殺人をもう一度』／※『五匹の子豚』の戯曲化
11　1963年／*Rule of Three*／（早川）『海浜の午後』
12　1973年／*Akhnaton*／（早川）『アクナーテン』
13　2017年／*The Stranger*／（「ハヤカワミステリマガジン」2023年7月号）「見知らぬ人」／※「うぐいす荘」の戯曲化
14　2017年／*Fiddlers Three*／（「ハヤカワミステリマガジン」2022年3月号）「三人のペテン師」

【その他】

1　1946年／*Come, tell me how you live*／（早川）『さあ、あなたの暮らしぶりを話して』
2　1965年／*Star over Bethlehem*／（早川）『ベツレヘムの星』
3　1977年／*An Autobiography*／（早川）『アガサ・クリスティー自伝』

【短編・中編】

1　1923年3月／"The Affair at the Victory Ball"／（創元）「戦勝舞踏会事件」『ポワロの事件簿2』〃（早川）「戦勝記念舞踏会事件」『教会で死んだ男』／ポワロ
2　1923年3月／"The King of Clubs"／（創元）「クラブのキング」『ポワロの事件簿2』〃（早川）「クラブのキング」『教会で死んだ男』／ポワロ
3　1923年3月／"The Jewel Robbery at the Grand Metropolitan"／（創元）「グランド・メトロポリタンの宝石盗難事件」『ポワロの事件簿1』〃（早

51　1959年／*Cat among the Pigeons*／（早川）『鳩のなかの猫』／ポワロ
52　1961年／*The Pale Horse*／（早川）『蒼ざめた馬』
53　1962年／*The Mirror Crack'd from Side to Side*／（早川）『鏡は横にひび割れて』／マープル／※アメリカ版 *The Mirror Crack'd*
54　1963年／*The Clocks*／（早川）『複数の時計』／ポワロ
55　1964年／*A Caribbean Mystery*／（早川）『カリブ海の秘密』／マープル
56　1965年／*At Bertram's Hotel*／（早川）『バートラム・ホテルにて』／マープル
57　1966年／*Third Girl*／（早川）『第三の女』／ポワロ
58　1967年／*Endless Night*／（早川）『終りなき夜に生れつく』
59　1968年／*By the Pricking of My Thumbs*／（早川）『親指のうずき』／トミー＆タペンス
60　1969年／*Hallowe'en Party*／（早川）『ハロウィーン・パーティ』／ポワロ
61　1970年／*Passenger to Frankfurt*／（早川）『フランクフルトへの乗客』
62　1971年／*Nemesis*／（早川）『復讐の女神』／マープル
63　1972年／*Elephants Can Remember*／（早川）『象は忘れない』／ポワロ
64　1973年／*Postern of Fate*／（早川）『運命の裏木戸』／トミー＆タペンス／※最後に執筆された作品
65　1975年／*Curtain*／（早川）『カーテン』／ポワロ／※執筆は1943年
66　1976年／*Sleeping Murder*／（早川）『スリーピング・マーダー』／マープル／※執筆は1943年

【メアリ・ウェストマコット名義で発表された長編】

1　1930年／*Giant's Bread*／（早川）『愛の旋律』
2　1934年／*Unfinished Portrait*／（早川）『未完の肖像』
3　1944年／*Absent in the Spring*／（早川）『春にして君を離れ』
4　1948年／*The Rose and the Yew Tree*／（早川）『暗い抱擁』
5　1952年／*A Daughter's a Daughter*／（早川）『娘は娘』
6　1956年／*The Burden*／（早川）『愛の重さ』

【戯曲】

1　1934年／*Black Coffee*／（早川）「ブラック・コーヒー」『ブラック・コーヒー』

None

27 1940年／*Sad Cypress*／（早川）『杉の柩』／ポワロ

28 1940年／*One, Two, Buckle My Shoe*／（早川）『愛国殺人』／ポワロ／※アメリカ版 *The Patriotic Murders*

29 1941年／*Evil under the Sun*／（早川）『白昼の悪魔』／ポワロ

30 1941年／*N or M?*／（早川）『NかMか』／トミー&タペンス

31 1942年／*The Body in the Library*／（早川）『書斎の死体』／マープル

32 1943年／*Five Little Pigs*／（早川）『五匹の子豚』／ポワロ／※アメリカ版 *Murder in Retrospect*

33 1943年／*The Moving Finger*／（早川）『動く指』／マープル

34 1944年／*Towards Zero*／（早川）『ゼロ時間へ』／バトル

35 1944年／*Death Comes as the End*／（早川）『死が最後にやってくる』

36 1945年／*Sparkling Cyanide*／（早川）『忘られぬ死』／※アメリカ版 *Remembered Death*

37 1946年／*The Hollow*／（早川）『ホロー荘の殺人』／ポワロ／※アメリカ版 *Murder After Hours*

38 1948年／*Taken at the Flood*／（早川）『満潮に乗って』／ポワロ／※アメリカ版原題 *There is a Tide...*

39 1949年／*Crooked House*／（早川）『ねじれた家』

40 1950年／*A Murder is Announced*／（早川）『予告殺人』／マープル

41 1951年／*They Came to Baghdad*／（早川）『バグダッドの秘密』

42 1952年／*Mrs McGinty's Dead*／（早川）『マギンティ夫人は死んだ』／ポワロ／※アメリカ版 *Blood Will Tell*

43 1952年／*They Do It with Mirrors*／（早川）『魔術の殺人』／マープル／※アメリカ版 *Murder with Mirrors*

44 1953年／*After the Funeral*／（早川）『葬儀を終えて』／ポワロ／※アメリカ版 *Funerals are Fatal*

45 1953年／*A Pocket Full of Rye*／（早川）『ポケットにライ麦を』／マープル

46 1954年／*Destination Unknown*／（早川）『死への旅』／※アメリカ版 *So Many Steps to Death*

47 1955年／*Hickory, Dickory, Dock*／（早川）『ヒッコリー・ロードの殺人』／ポワロ／※アメリカ版 *Hickory, Dickory, Death*

48 1956年／*Dead Man's Folly*／（早川）『死者のあやまち』／ポワロ

49 1957年／*4.50 from Paddington*／（早川）『パディントン発4時50分』／マープル／※アメリカ版 *What Mrs. McGillicuddy Saw!*

50 1958年／*Ordeal by Innocence*／（早川）『無実はさいなむ』

9　1929年／*The Seven Dials Mystery*／（創元）『七つのダイヤル』∥（早川）『七つの時計』／バトル

10　1930年／*The Murder at the Vicarage*／（創元）『ミス・マープル最初の事件 牧師館の殺人』∥（早川）『牧師館の殺人』／マープル

11　1931年／*The Sittaford Mystery*／（創元）『シタフォードの謎』∥（早川）『シタフォードの秘密』／※アメリカ版 *Murder at Hazelmoor*

12　1932年／*Peril at End House*／（創元）『エンド・ハウスの怪事件』∥（早川）『邪悪の家』／ポワロ

13　1933年／*Lord Edgware Dies*／（創元）『晩餐会の13人』∥（早川）『エッジウェア卿の死』／ポワロ／※アメリカ版 *Thirteen at Dinner*

14　1934年／*Murder on the Orient Express*／（創元）『オリエント急行の殺人』∥（早川）『オリエント急行の殺人』／ポワロ／※アメリカ版 *Murder in the Calais Coach*

15　1934年／*Why Didn't They Ask Evans?*／（創元）『謎のエヴァンス』∥（早川）『なぜ、エヴァンズに頼まなかったのか？』／※アメリカ版 *The Boomerang Clue*

16　1934年／*Three Act Tragedy*／（創元）『三幕の悲劇』∥（早川）『三幕の殺人』／ポワロ／※1934年に刊行されたのはアメリカ版 *Murder in Three Acts*、原題に示したイギリス版は1935年発行

17　1935年／*Death in the Clouds*／（創元）『大空の死』∥（早川）『雲をつかむ死』／ポワロ／※アメリカ版 *Death in the Air*

18　1936年／*The ABC Murders*／（創元）『ABC殺人事件』∥（早川）『ABC殺人事件』／ポワロ／※アメリカ版 *The Alphabet Murders*

19　1936年／*Murder in Mesopotamia*／（創元）『殺人は癖になる』∥（早川）『メソポタミヤの殺人』／ポワロ

20　1936年／*Cards on the Table*／（早川）『ひらいたトランプ』／ポワロ、バトル

21　1937年／*Dumb Witness*／（早川）『もの言えぬ証人』／ポワロ／※アメリカ版 *Poirot Loses a Client*

22　1937年／*Death on the Nile*／（早川）『ナイルに死す』／ポワロ

23　1938年／*Appointment with Death*／（早川）『死との約束』／ポワロ

24　1938年／*Hercule Poirot's Christmas*／（早川）『ポアロのクリスマス』／ポワロ／※アメリカ版 *Murder for Christmas*

25　1939年／*Murder is Easy*／（早川）『殺人は容易だ』／バトル／※アメリカ版 *Easy to Kill*

26　1939年／*Ten Little Niggers*、改題 *And Then There Were None*／（早川）『そして誰もいなくなった』／※アメリカ版 *And Then There Were*

アガサ・クリスティ著作一覧

《凡例》

初刊年（長編）、初出年月（短編）／原題／長編邦題＝『　』、短編・中編邦題＝「　」および収録短編集名＝『　』。各邦題の前に出版社名またはレーベル名・掲載誌を（　）に入れて示し（創元推理文庫版＝創元、早川書房のクリスティー文庫版＝早川）、出版社名の区切りは〃で示した／シリーズ探偵（エルキュール・ポワロ・シリーズ＝ポワロ、トミー＆タペンス・シリーズ＝トミー＆タペンス、ミス・マープル・シリーズ＝マープル、バトル警視シリーズ＝バトル、パーカー・パイン・シリーズ＝パイン、ハーリー・クィン・シリーズ＝クィン）／※＝備考

＊邦題は創元推理文庫版および早川書房のクリスティー文庫版に拠っている。それ以外の出版社からのみ刊行されている場合は、その出版社名を記載した。

＊長編の原題はイギリス版のタイトルを記載し、アメリカ版が異なるものは備考に補足した。

＊戯曲は邦訳のある作品のみ、初刊年順に掲載した。

【長編】

1　1920年／*The Mysterious Affair at Styles*／（創元）『スタイルズ荘の怪事件』〃（早川）『スタイルズ荘の怪事件』／ポワロ

2　1922年／*The Secret Adversary*／（創元）『秘密組織』〃（早川）『秘密機関』／トミー＆タペンス

3　1923年／*Murder on the Links*／（創元）『ゴルフ場の殺人』〃（早川）『ゴルフ場殺人事件』／ポワロ

4　1924年／*The Man in the Brown Suit*／（創元）『茶色の服を着た男』〃（早川）『茶色の服の男』

5　1925年／*The Secret of Chimneys*／（創元）『チムニーズ荘の秘密』〃（早川）『チムニーズ館の秘密』／バトル

6　1926年／*The Murder of Roger Ackroyd*／（創元）『アクロイド殺害事件』〃（早川）『アクロイド殺し』／ポワロ

7　1927年／*The Big Four*／（創元）『謎のビッグ・フォア』〃（早川）『ビッグ4』／ポワロ

8　1928年／*The Mystery of the Blue Train*／（創元）『青列車の謎』〃（早川）『青列車の秘密』／ポワロ

[や]

[ら]

[わ]

[た]

[な]

[は]

[ま]

人名索引

＊参考文献ならびにアガサ・クリスティ著作一覧を除く、
本文および注釈中で言及のある箇所をまとめた。
＊アガサ・クリスティは頻出するため除いた。

［あ］

［か］

［さ］

[ま]

[や]

[た]

[な]

[は]

[さ]

作品名索引

＊小説・戯曲・評論・映画・ドラマ・舞台作品を主として、参考文献ならびにアガサ・クリスティ著作一覧を除く、本文および注釈中で言及のある箇所をまとめた。
＊長編および短編集などの表題には『　』を、短編など収録作品名は「　」、原題はイタリック、短編原題は“　”、映像および舞台作品のタイトルは「　」を使用した。

[あ]

[か]

本書は書き下ろしです。

KEY LIBRARY

クリスティを読む！
ミステリの女王の名作入門講座

2024年1月26日　初版

著　者　大　矢　博　子
発行者　渋　谷　健　太　郎
発行所　株式会社　東京創元社
〒162-0814/東京都新宿区新小川町1-5
電　話　03-3268-8231（営業部）
　　　　03-3268-8204（編集部）
URL　http://www.tsogen.co.jp
装　画　嶽　ま　い　こ
装　幀　ア　ル　ビ　レ　オ

萩原印刷・加藤製本

ISBN978-4-488-01545-9　C0095